Wilhelm Muster

Die Hochzeit der Einhörner

Variationen eines Themas

Klett-Cotta

Verlagsgemeinschaft Ernst Klett – J. G. Cotta'sche
Buchhandlung Nachfolger GmbH, Stuttgart

Design: Heinz Edelmann
Gesamtherstellung: Wilhelm Röck, Weinsberg

CIP-Kurztitelaufnahme der Deutschen Bibliothek

Muster, Wilhelm
Die Hochzeit der Einhörner: Variationen e. Themas /
Wilhelm Muster. – Stuttgart: Klett-Cotta, 1981.
ISBN 3-12-905601-7

Die folgenden Skizzen sind weniger Erzählungen als Abwandlungen eines Themas, die man ins Unendliche fortsetzen könnte.

Einige nähern sich der sogenannten »Wirklichkeit« an, wollen sie aber nie erreichen. Andere wieder gleichen jenen Dekorationen, die man in der Malerei »Grotesken« nennt, wenn sie auch nicht so bunt sein können. Grotesken wurden vor allem in Pompeji verwendet, sie haben darum, wenigstens für mich, immer fossilen Charakter. Asche fiel auf mich, und das nicht erst am Mittwoch vor Ostern.

Manche Skizzen sind auch Entwürfe zu Romanen, die auszuführen die Zeit ich nicht mehr habe. Aber sie alle handeln vom *Tod,* in einer, wie ich gestehen muß, manchmal sehr läßlichen Weise. Einige sind leicht, ja halbfertig, nie aber, hoffe ich, leichtfertig.

Ich habe zu lange in einem Land gelebt, wo der Tod noch seine manchmal tragische, manchmal auch skurrile Rolle spielen darf, in Spanien, meiner zweiten Heimat.

Ich habe diese Skizzen zu den unterschiedlichsten Zeiten geschrieben. Man sieht es ihnen auch an. Doch habe ich sie nicht chronologisch geordnet, sondern sie durcheinander gemischt wie ein Dominospieler die Steine in einer dieser Skizzen.

Es wird von durchaus ernstzunehmenden Leuten behauptet, Schreiben sei ein Mittel zur Selbstvernichtung. Aber diese Skizzen waren für mich ein Mittel, am Leben zu bleiben und mir die lebenslange Angst vom Leibe zu halten, um etwas gelassener zu werden. Doch das war nicht der einzige Zweck. Schreiben kann auch ein Mittel sein, zu erkennen, wie die Welt beschaffen oder nicht beschaffen ist. Fragte man mich, wie das alles nun sei, würde ich antworten: »Noch weiß ich es nicht — wüßte ich es, wäre jedes Wort überflüssig.«

Dabei darf ich mich auf den Prediger berufen, der König war über Israel zu Jerusalem, den Prediger, den ich so sehr bewundere:

»Alle Dinge sind schwer herzusagen; der Mensch kann sie nicht aussprechen; das Auge kann sich nicht satt sehen, und das Ohr nicht genug hören. Was ist das, so gewesen ist?«

Was ist das, so gewesen ist?

KYSELAK

Er sah zu, wie ihm das Leben durch die Finger rann. Er schrieb es hin, merkte sofort, daß es ein schlechtes Bild war, zerschlissen abgefingert, und ließ es stehen. Denn sich blindlings von Bild zu Bild tastend, dennoch Bild für Bild setzend, legte er, der Blinde, Zeugnis ab von seinem Leben.

Wozu?

Stumm in der Gesellschaft von Menschen, die er nicht begriff, gelähmt von Tatsachen Ereignissen Verhältnissen, schrieb er Satz für Satz, um zu erfahren, wer er sei.

Dann drehte er die Sätze um, die Wörter, horchte: nichts fiel aus ihnen heraus. Sie lagen glatt auf dem Papier, schwarz auf weiß, und wenn man sie schüttelte, klingelten sie nicht einmal.

Das hätte er sich gewünscht: klingelnde Sätze. Aber das Schriftbild auf dem Papier — war es auch seine Spur, sein Zeugnis? Schreibwut, das wußte er, war ein Anzeichen gefürchteter Paranoia.

Ausgedehnt waren die Sätze, fett, nichtssagend. In ein einziges Wort mußte er seine Existenz pressen, ein Wort, das alles aussagte. Er suchte danach — und fand die Umgebung mit Namen vollgeschmiert.

Wieweit sein eigener Name mit ihm eins sei — er wollte es nicht wissen, zumindest nicht so gründlich. Er benahm sich wie ein Kranker, der den Arzt nicht aufsucht, aus Furcht, er könne dort erfahren: unheilbar krank.

Aber mit Vergnügen sah er, daß auch andere Menschen ihr ganzes Sein in einen Namen stopfen wollten.

Kinder schmierten auf Zäune, was sie von den Schulkameraden hielten: nicht eben viel. Das las sich dann etwa so: »Pepi is bled.« Sie verkuppelten auch schriftlich den Nebenbuhler mit dem häßlichsten Mädchen, taxfrei, mit großer Schadenfreude: »Der Gotfrid is eine grosse sau, er libt die Annamirl.« Die erste Literatur bestand aus Beschimpfung;

Platz war reichlich vorhanden: im Sand auf Mauern auf Plakatsäulen und Zäunen auf dem Pflaster.

Aber es war bereits Literatur, es waren Sätze. Der hinweisende Name spielte darin die Hauptrolle, er sagte aus, um wen es da ging, auf dem Pflaster und den Plakatsäulen — wenn auch die übrigen Bemerkungen überflüssig waren.

Das schienen fast alle zu erkennen, denn sie schrieben später nur mehr ihre Namen auf alle möglichen Flächen: mit dem Stift dem Messer dem Meißel. Nur begleiteten manchmal Zeichen die Namen, aber sie schränkten ihn eher ein: das von einem Pfeil durchbohrte Herz war eines dieser Zeichen. Aber der liebende Mensch — er war nicht mehr der ganze Mensch. Oder manchmal, in Bedürfnisanstalten etwa, waren die Namen auch mit Ziffern garniert, mit Telephonnummern, oder der Name verschwand ganz. Dann stand neben der Nummer: »Anruf dringend erbeten!«

Das wieder hieß die Abstraktion zu weit treiben: denn viele Ichs bewegten sich durch die Straßen, waren durch eine Ziffer nicht zu ersetzen, liebten starben lachten. Nein, der Name, der nackte Name, war durch nichts zu umgehen.

Und vor Namen war — gottlob — nichts sicher: kein Baum keine berühmte Ruine.

Er beschloß also, zuerst das Exempel zur Probe zu machen.

Er versuchte es, bequem sitzend, den nötigen Fleck in Augenschein, auf einem öffentlichen Closett, das wohl öffentlich war, aber doch auch ein Abgeschlossenes Zugeriegeltes.

Mit feinem Stift schrieb er seinen Namen zart auf die Fliesen. Aber es war nicht das Wahre. Es grenzte an Lächerlichkeit.

So stellte er sich in die Reihe jener, vor denen kein Baum sicher ist.

Auch das genügte nicht. Schnitzelte er seinen Namen an leicht zu erreichende Stellen, dann war er einer unter Hunderten Tausenden. Ging er an unberührte Plätze, dann konnte niemand den Namen lesen, wußte kein Mensch etwas von seiner Existenz. Das mußte sich ändern!

Gründlich bereitete er sich auf seine Aufgabe vor. Er studierte Chemie und beschäftigte sich dabei vor allem mit Farben, die abzuwaschen guterdings unmöglich war. Außerdem besuchte er einen Kletterkurs.

Nachdem er es sowohl im Klettern als auch im Pinseln zur Meisterschaft gebracht hatte, schritt er keck zur Tat.

Längst hatte er mit Entzücken gemerkt, daß ein Name, auch wenn er scheinbar deutsch (oder böhmisch) war, doch in Wirklichkeit alle Grenzen sprengte. Er war wie Musik.

Die ersten Versuche galten noch der werten Heimat.

Mühsam mit einem Farbtopf und Pinseln eine unzugängliche Wand hochkletternd, Haken schlagend, sich sichernd am Seil, schrieb er seinen Namen auf den Fels. Wenn er sich umwandte, sah er Wald unter sich, Seen Flüsse Weiden.

Wieder auf festem Boden, musterte er kritisch das Ergebnis:

KYSELAK.

Er war nicht ganz zufrieden.

Er lernte, wie groß die einzelnen Buchstaben sein mußten, wie hoch in der Wand. Eine glatte Fläche erwies sich als das Beste, wenn auch Gefährlichste.

Dann ging er mit Kletterausrüstung und Farbtöpfen ins Ausland.

Die Grenzbeamten interessierten sich merkwürdigerweise nur für Haken und Seile, niemals für Töpfe und Pinsel.

Gebirgsländer zog er flachen Gegenden vor.

Die Luft, die er atmete, wurde immer dünner.

Besonders am Chimborraso tat er sich schwer.

Er scheute später auch nicht vor Ländern zurück, in denen gerade ein mehr oder weniger kleiner Krieg hauste. Im Niemandsland fühlte er sich wohl. Da er ein harter, unerschrockener Bursche war, lernte man ihn auf allen fünf Kontinenten kennen, mit der Zeit, versteht sich. Nur die Polgegenden und Berge, die in Eis und Schnee das Jahr über begraben waren, ließ er ungeschoren unbepinselt. Er mißtraute dem Eis. Es konnte schmelzen.

Das trieb er nun lang. Immer von neuem zum Ich, zur Person werdend, schrieb er, in immer größeren Lettern, den nunmehr einzigen Namen auf den Fels. Auf Sätze konnte er verzichten; sie wären auch in der Wand unmöglich gewesen.

Manchmal kam ihm der Gedanke (wenn er müde von einer dieser Expeditionen zurückkehrte), eine Familie zu gründen und seinen Namen einem Sohn zu vererben. Aber er verwarf das dann immer sehr schnell. Hatte sein Sohn denn auch *seinen* Namen, oder war der dann nicht vielmehr abgeborgt abgestohlen?

Er dachte daran, daß er seinen Namen ja auch irgendwem verdankte. Aber es erwies sich nunmehr als glücklicher Umstand, daß er ein uneheliches Kind war — und die verewigte, bei seiner Geburt verstorbene Mutter, an die er sich kaum erinnerte – durfte sie, konnte sie zählen?

Dazu hatte er sich bereits so mit den blutroten Lettern auf Felswänden identifiziert, daß ihm der Gedanke, dem möglichen Sohn seinen höchstpersönlichen Namen vermachen zu können, lächerlich erschien. Und er konnte ihm auch nicht zumuten, was er selber tat: durch Flüsse zu waten, durch Urwälder zu marschieren, auf Berge zu klettern. Außerdem hätte eine Familie seine immer größer werdende Leidenschaft vielleicht unterdrückt. Nein, frei mußte er sein wie ein Vogel (falls Vögel überhaupt frei sind).

Er wurde bekannt berühmt, auch wenn vielleicht ein Leser den Namen für den einer Seifenfabrik oder den einer revolutionären Gruppe halten mochte. Tausende, ja Millionen von Lippen sprachen ihn nach und buchstabierten:

KYSELAK.

Wie der große Humboldt hätte er die Welt beschreiben können, vor allem ihren felsigen Teil. Und die Zahl der Inschriften stieg und stieg — bis er auf einmal verschwand.

Was war geschehen? War er erkrankt der gefürchteten Paranoia doch noch zum Opfer gefallen in einem Irrenhaus verschwunden? Oder abgestürzt? Von einer grünen Mamba gebissen worden und kurz darauf hilflos verreckt? Ertrunken in reißendem Gewässer? Von Menschenfressern verzehrt? Oder war ihm die Farbe ausgegangen ihm der Name entfallen sklerotischer Veränderungen halber, seine hochherzige Absicht ihm nicht mehr bewußt?

Fragen Fragen, doch keine Antwort.

Der Name überdauerte ihn. Die Farben hielten. So wurde er Literatur.

AM AMAZONAS

Er lag auf der Lichtung, in einer Hängematte. Vom Haus war so gut wie nichts mehr da; das Dach war von wuchernden Pflanzen zerrissen worden, die Bretter verfaulten, dann war alles zu Boden gestürzt. Auch von den Wänden standen nur noch unansehnliche Reste.

Er griff in eine Schale, die auf einem tischartigen Gestell stand, es hielt sich noch mühsam auf morschen Beinen. Er nahm eine Dattel, er lebte jetzt fast nur noch von Datteln, seit er nicht mehr jagte. Aber auch dieser Vorrat ging zu Ende, und zur Station, von woher er die Datteln bezogen hatte, kam er nicht mehr. Den Kern wälzte er lang im Mund und spuckte ihn dann in weitem Bogen aus.

Er war nun schon Wochen allein, wie lange, das konnte er nicht sagen, denn die erste Zeit hatte er in einer Art von Stumpfsinn verbracht, der nur manchmal von Zornanfällen zerrissen wurde. Aber dann kam Gleichgültigkeit über ihn, ja sogar ein Gefühl der Behaglichkeit, er hielt es zuerst für Ruhe. Er sah gelassen zu, wie merkwürdige Pflanzen näherkrochen. Viele davon hatte er noch nie gesehen. Besonders nach einem Regen schienen sie hundertfach dazusein. Er hielt sie nicht auf. Regnete es einmal nicht, dann tropfte es von allen Blättern und verdampfte in der Sonne. Immer war die Luft bewegt, dunstig, alles durchtränkend, manchmal schwer zu atmen. Er war es gewohnt, daß auch seine Haut dampfte, einmal trockener, dann, in merkwürdiger Weise, schwammiger wurde. Dann tastete er sich ab, ohne zu einem Ergebnis zu kommen.

Lag er in der Hängematte wie jetzt, dann lag er nur knapp über Gras und Unkraut, das so dicht verfilzt wuchs, daß die Lichtung schwer zu überqueren war. Er sah es jetzt mit einem gewissen Vergnügen.

Die ersten Tage nach dem merkwürdigen Ereignis war er noch in den Wald gegangen. Er nannte es nur noch »das Ereignis«, dachte sich aber weiter nichts dabei. Die Indios schienen abgezogen zu sein; er fand jedenfalls nur kalte Feuerstellen. Zuerst war er wütend und niedergeschlagen zugleich, aber das gab sich. Er beschloß, auf der Plantage zu bleiben, und sah, wie die Lichtung zuwuchs, sah, wie die Natur wieder an sich nahm, was ihr gehörte. An die anderen dachte er bald ohne Groll, wie an Fremde. Sie waren nicht sein Eigentum gewesen, nichts war im Grunde sein Eigentum. Und nun schwankten Bäume heran, rascher kroch Buschwerk über den Boden, Lianen schwangen nun dort, wo früher verkümmerte Obstbäume gestanden waren.

Nein, er durfte nicht undankbar sein! War es nicht sein Leben gewesen, auch wenn er früher geglaubt hatte, es sei *ihr* Leben? Nun nahm er es wieder an sich, nun wuchs es sich aus, wenigstens das Ende sollte ihm gehören.

Tagsüber schrillten die Zikaden, Papageien schwangen sich von Baum zu Baum. Einen Papagei hatte er sogar kurze Zeit gefangengehalten, um ihm das Reden beizubringen, aber der Vogel blieb stumm, und das Mädchen ließ ihn frei. Das allerdings war schon in einem anderen Leben gewesen.

Gern sah er den Kolibris zu und freute sich besonders über einen: die Kehle war wie Gold, bei bestimmtem Licht aber smaragdgrün, dann wieder topasfarben. Die winzigen Vögel standen mit raschen Flügelschlägen vor den Blüten, man glaubte ein feines Sirren zu hören, dann tanzten sie mühelos weg, sie schoben sich durch die Luft.

Die Blütenfülle beunruhigte ihn manchmal, die Orchideen, die so nach Licht drängten und die sich deshalb auf Bäume geflüchtet hatten. Sie wucherten prächtig und wüst, die Natur, die er immer verachtet hatte, gab sich hier splendid, auf eine dumme Weise verschwenderisch, nicht im geringsten haushälterisch. Was konnte er dieser Natur entgegensetzen?

Mehrere riesige Bäume am Rand der Lichtung waren bereits lang verfault, konnten aber nicht zu Boden stürzen, da sie von einem weitgesponnenen Lianengeflecht gehalten wurden. Einige schickten noch verholzte Luftwurzeln zu Boden. So hätte er sich gewünscht zu sterben: aufrecht. Er wußte, daß er damit nicht rechnen konnte. Aus den toten Bäumen konnte er mit den bloßen Nägeln Stücke faulenden Holzes reißen; umstoßen konnte er sie nicht. In der Nacht schimmerte das tote Holz manchmal bläulich. Der Geruch der Toten war unangenehm. Er würde stinken, bald.

Er dachte kurz an den Tag, als sie ihn verlassen hatten. Der Motor hatte immer wieder ausgesetzt. Ingrimmig sagte er sich: Weit werden sie so nicht kommen. Er horchte, wie das Boot sich immer weiter entfernte, bis endlich nur mehr das Rauschen des Wassers, das Wehen des Windes in den Bäumen zu spüren, zu hören waren, dazu noch kleine unbedeutende Geräusche, die sich später als das Gefährlichste erweisen sollten. Und damals, als das Knattern des Motors verstummte, da wußte er plötzlich: er hatte gewonnen, nun war er verloren. Sie hatten sogar den Hund mit sich verschleppt, einen Wolfsspitz, und er hatte angenommen, wenigstens das Tier würde zu ihm halten.

Auch die schöne, rötlichgraue Abgottschlange, die die Fazenda frei von Mäusen gehalten hatte, war eines Tages nicht wiedergekommen, als wüßte sie, was hier in den nächsten Wochen vor sich gehen werde. Sie hatte sich empfohlen, verdrückt, hinein in den Wald, und merkwürdig: er glaubte sie zu verstehen.

Er begann zu schaukeln. Er würde die Hängematte wieder flicken müssen. Aber wozu eigentlich? Regnete es, verkroch er sich unter einem großen Felsblock, es war sicher der einzige Block auf viele Meilen. Dann dampfte der Urwald, er vernichtete alles Tote, er griff Bretter, aber auch Stricke, Schnüre an, die Nässe zerfraß alles, die Hängematte würde eines Tages reißen. Aber sollte er sich deshalb Sorgen machen? Vielleicht lebte er dann schon nicht mehr.

Als er so schaukelte, sah er wieder die Blume, die anders war als alle anderen, merkwürdiger, vielleicht auch gefährlicher. Eigentlich war es ein großes, langgezogenes Büschel, ähnlich einer Bougainvillea, nur üppiger größer, als drängte eine Wand von Orchideen gegen ihn heran, aber es war keine Orchidee. Noch wuchs sie am Rand der Lichtung, doch schien ihm, als sei sie wieder ein Stück nähergerückt. Sie wuchs zwar in Kopfhöhe und hatte mehrere Bäume als Stütze, hing aber doch bis zur Erde herab, dort waren immer wieder aufplatzende Knospen zu sehen. Einzelne Blüten waren riesengroß, schaufelartig, von einem Helm gekrönt, violette Tupfen auf schamlos reinem Weiß, aber vielleicht am merkwürdigsten war: diese Gattung schien gleichzeitig alle Stadien eines Lebens zu durchlaufen, er bemerkte Knospen, sah die Blüten und gleichzeitig aufspringende Samenbeutel, und sofort entstanden neue Knospen und neue Blüten. Insekten sah er nie in ihrer Nähe, oder sie wurden von ihr sofort verschluckt.

Diese Blume oder was es sonst war, sie war vor etwa zehn Tagen aus dem Urwald gebrochen, sie wandte sich nach allen Seiten, als wittere sie wie ein Tier, und sie schien mit den Tupfen zu sehen. Erst war es nur eine Blüte gewesen, die er übersehen hatte, dann zehn, gleich darauf hundert. Sie störte ihn bald, er dachte immer wieder an sie. Wuchs sie denn nicht auf ihn zu? Er mußte sie ausrotten, bevor es zu spät war.

Wieder nahm er eine Dattel. Danach leckte er sich, mit klebrigen Lippen, klebrige Hände.

Kam nicht alles, wie es kommen mußte? Hatte er sie nicht alle vor den Städten gewarnt? Hatte er ihnen nicht gesagt, daß ihre Reue zu spät kommen werde? Im Gewirr der Wasseradern, der Bäche und Flüßchen konnten sie die

Plantage nicht mehr finden. Denn sie stand ja nicht am Amazonas, sondern am Nebenfluß eines Nebenflusses, des Rio Juruá. »Ihr« Fluß hatte keinen Namen gehabt, so hatten sie ihn denn getauft. Nur das Mädchen gab dem Fluß immer wieder neue Namen, sie hielt sich nie an Spielregeln, und vielleicht hatte sie recht.

Er schloß die Augen.

Alle Warnungen hatten sehr wenig Eindruck auf sie gemacht. Sie packten die Bündel, der Spitz sprang noch ins Boot, sie fuhren ab und schrieen ihm noch zu, er könne das Boot an der Station abholen, denn er hatte sich geweigert, sie auch nur bis dorthin zu begleiten. Seit einigen Wochen gab es auch die Station nicht mehr, so war auch das erledigt. Aber das Boot hätte er wahrscheinlich auch nicht geholt, wenn der Stationsmeister nicht längst schon geflohen wäre. Wozu auch? Er hatte eine Frau für seine Frau gehalten, Kinder für seine Kinder — wenn dies sich aber als Irrtum herausstellte, war da noch ein Boot sein Boot?

Er rollte aus der Matte und ging auf die Blume zu. Obwohl er sie nun schon kannte, näherte er sich ihr vielleicht etwas zu hastig, gab vielleicht nicht genug acht — jedenfalls schleuderte sie ihm aus allen Büten plötzlich Tentakel entgegen, klebrige Fangarme, die sie sofort wieder einzog, als der Angriff mißlungen war. Einige, wohl die jüngeren, waren dünn wie ein Faden, andere aber stark wie ein Seil. Er lachte über die Anstrengungen der Blume, und ging die Lichtung ab, wobei er den Boden absuchte: er trat das Gras nieder, schob Zweige beiseite.

Vielleicht war das gar keine Pflanze, vielleicht war es ein unbekanntes Tier? Er würde auch damit fertig werden, und wenn die Natur sich noch so geheimnisvoll und prächtig produzierte. Hätte die Pflanze oder das Tier es überhaupt gewagt, aufzutauchen, wenn alle noch hier gewesen wären? Er konnte sich diese Frage nicht beantworten.

Als der Umschwung eingetreten war, hatte die Mutter es anfänglich nicht leicht: die Kinder hatten längst ihre Freunde und Freundinnen bei den Indios und wollten nicht weg. Wie es kam, daß die Mutter sich endlich doch durchsetzte, wie sie alle drei überzeugen konnte — es blieb ihm verborgen. Aber schließlich befand er sich in einer unhaltbaren Lage. Sie trommelten auf ihn ein, sie ließen ihm keine Ruhe mehr. Ein gewisser Punkt schien überschritten worden zu sein, jetzt gab es kein Zögern mehr für sie.

Er hatte sich damals bestimmt, doch auch erschrocken, geweigert. Er hatte sich entschlossen, vor vielen Jahren, hier zu leben — eigentlich war es der rätselhafte Entschluß seiner Frau gewesen, er hatte ihn ausgeführt; jetzt wollte er daran festhalten.

Es dauerte noch eine Weile, bis sie abfuhren, die Bündel geschnürt. Der Spitz stand hinten im Boot und sah ihn an. Er hatte den Hund immer gut verstanden, er brauchte mit ihm nicht erst zu reden — diesmal begriff er den Ausdruck seiner Augen nicht. War es Hoffnung, daß er doch noch mitkomme? War es eine ganz sinnlose Trauer?

Endlich fand er, wonach er suchte: eine Rute, das Holz war sehr hart, und die Rute scharf. Das war ihm recht, so konnte er sich besser wehren.

Die Mutter brachte den Kindern »feine Manieren« bei, wie sie sagte, und das alles sollte für die Städte bestimmt sein. Sie lehrte sie essen, ohne daß sie schmatzten, und nun fiel ihm auf, daß vor allem Luis wie ein Ferkel aß — nur hatte es ihn nie gestört. Zuerst mußte er lachen, als er die Bemühungen seiner Frau sah. Sie lehrte Eugenia, sich zu putzen, wie eine Äffin, sie zeigte den Buben, Luis und João, wie sie sich fein zu benehmen hatten. Sie fing das recht geschickt an, als Spiel, und zu Anfang nahm er das auch nicht ernst. Dann staunte er darüber, wie wichtig den Kindern dieses »Spiel« wurde, und glaubte manchmal, sie müsse einen Zauber auf sie ausüben; die Kinder fügten sich den Anordnungen, ihr anfänglicher Widerstand schwand. Am ehesten schien noch Eugenia am Vater zu hängen, aber auch sie war schließlich entschlossen, in die vom Untergang bedrohten Städte zurückzukehren.

Er hätte es sich nicht träumen lassen, daß es eines Tages wirklich so weit kommen könne. Sie ließen ihm Werkzeuge und das Nötigste, um zu überleben. Eugenia bedauerte es anscheinend am meisten, daß der Vater zurückblieb. Die Mutter machte den Abschied kurz. Während Luis das Tau löste und das Boot eine kleine Strecke in das gelblichtrübe Wasser hinausglitt, warf João den Motor an. Das Mädchen bückte sich und streichelte den zitternden Hund. Ihre Augen sah er nicht.

Der Fluß zog mehrere Schleifen, und manchmal glaubte er noch das Knattern des Motors zu hören. Dann war er jedesmal fast zufrieden. João war ein geschickter Bursche, er würde seinen Weg machen. Die Frau hatte ihn nicht mehr angesehen. Es befriedigte ihn auch, daß der Abschied so karg ausgefallen war. Hätte er Menschen, die ihren Entschluß schon unwiderruflich gefaßt hatten, etwas vorjammern sollen? Beugen wollte er sich ihnen diesmal nicht.

Über die Lichtung hin zog ein großer Vogel, sehr hoch, vielleicht war es ein Kondor. Manchmal verirrten sich diese Vögel aus den Anden hierher, kehrten dann aber schleunig um, wenn sie einige Zeit über dem endlosen Urwald waren.

Der Anfang vom Ende hatte begonnen, als Eugenia ihren fünfzehnten Geburtstag feierte. Am Abend dieses Tages sagte die Mutter:

Hier können wir nicht bleiben. Wir müssen weg!

Der Mann hätte alles andere erwartet, nur nicht das. Er glaubte seine Frau zu kennen, genau zu kennen; er wußte, daß es ihr ernst war damit und daß sie keine Ruhe geben würde, bis sie ihren Willen durchgesetzt hatte. So war es ja schließlich immer gewesen.

Erstaunt fragte er:

Aber wohin denn?

Darauf gab sie keine Antwort. So sehr er auch drängte — sie ließ sich auf keine nähere Erklärung ein. Sie sagte nur immer wieder:

Hier können wir nicht bleiben.

Ist es wegen der Kinder? fragte er.

Sie zuckte die Achseln. Er erfuhr also nicht einmal, ob es eine plötzlich einschießende Laune von ihr war oder nicht.

Aber hast du mich nicht vor neunzehn Jahren überredet, in den Urwald zu gehen? Ich wollte damals gar nicht.

Sie sagte darauf nur:

Die Dinge ändern sich. Heute ist nicht gestern.

Langsam merkte er: ein ihm fremder Mensch hatte ihn dazu bestimmt, vor langer Zeit Belo Horizonte und Minas Gerais zu verlassen und an den Oberlauf des Amazonas zu ziehen, eine Frau, die er nie genau gekannt hatte, hatte ihm drei Kinder geboren und wollte sie ihm wieder nehmen — oder waren es nur ihre Kinder?

Fast schien es so. Denn bald kam er, nun argwöhnisch geworden, darauf, wie sie die Kinder auf ihre Seite zu ziehen versuchte, um größeren Druck auf ihn ausüben zu können. Sie erzählte ihnen von den fremden Städten und ihren Wundern, wie man Märchen erzählt, und schilderte plötzlich alles höchst beredt, sie, die sonst so Schweigsame. Was für sie immer abscheulich gewesen war, Straßenschluchten, ein Gewimmel von Fahrzeugen und Menschen, das wurde nun plötzlich herrlich über alles. Was hatte in ihr diesen Umschwung bewirkt? Es blieb ihm verborgen, wohl aber merkte er zu seinem Schrecken, daß die Kinder nicht mehr so offen zu ihm waren wie früher.

Er sah auf. Der Kondor war verschwunden. Etwa ein

Dutzend Riesenbäume, die am Rand der Lichtung standen, versuchten, einander mit den Kronen zu erreichen, versuchten, das Gewölbe zu schließen. Die Schmetterlinge, die jetzt, da es dunkler wurde, lebhaft über die Lichtung taumelten, schienen ihm bedeutend größer als sonst zu sein, auch die schillernden Käfer, die er im Gras fand. Hatte er vielleicht schon Wahnvorstellungen? Das war das einzige, wovor er sich fürchtete: verrückt zu werden. Ein Wahnsinniger war hier verloren. Er war verloren — war er deshalb auch wahnsinnig?

Seine Gedanken gingen ja im Kreis. Er achtete auf sie, jagte ihnen nach, hing ihnen bunte Fetzchen an die Schwänze. Und er sah: sie kamen immer wieder, ob er wollte oder nicht. War vielleicht die gefährliche Blumenwand nicht wirklich? War sie nur — Einbildung? Existierte sie nur in seinem Hirn? War er auch am Juruá?

Wie war das früher! Alle schienen glücklich zu sein, vor allem die Frau. Die Kinder wurden hier geboren, sie wuchsen in eine Umgebung hinein, die sie als selbstverständlich annahmen, sie kannten ja nichts anderes. Sie erlernten die Sprache der Indios ebenso leicht wie seine Sprache. Sie sahen bei den Eingeborenen, wie man Musikinstrumente machte und spielte, eine hohe, weithin hörbare Pfeife, die Trommel, aber auch Saiteninstrumente, die sie aus den Schalen der Schildkröten verfertigten; sie sangen sehr bald die leidenschaftlichen, manchmal auch melancholischen Gesänge des Urwaldes, und sie schienen sie Liedern vorzuziehen, die ihnen die Mutter vorgesungen hatte. Sie lernten mit dem Blasrohr umzugehen, dann mit dem Curare-Gift. Sie waren äußerst geschickt zur Jagd, seine Flinte verrostete langsam. Sie schossen, in den Booten der Indios stehend, auch auf Fische, und darunter waren solche, die sonst nur im Meer vorkommen: Hornhechte, Sardinen, Seezungen, Rochen. Eugenia, das jüngste der Kinder, war bald so geschickt wie die Brüder. Sie erkletterte leicht die höchsten Bäume, oft mit Hilfe eines Strickes, den sie um Körper und Stamm geschlungen hatte. Der Vater hatte den Kindern Ledersandalen geschnitten, aber die Kinder zogen es vor, barfuß zu gehen. Die Mutter hatte ihnen zuerst eine Art städtisches Gewand geschneidert, aber dies erwies sich als unbrauchbar, und die Kleider wurden bald so verfertigt, wie die Indios sie trugen, sehr zweckmäßig.

Er griff sich ins Gesicht. Der Bart, nun schon von grauen Strähnen durchzogen, wucherte, das verfilzte Haar fiel ihm fast auf die Schultern. Er starrte von Schmutz. Die Fingernägel waren lang; zuerst hatten sie ihn behindert, er hatte sie abgebissen, dann hatte er sich daran gewöhnt. Er ging mit der Rute auf die Riesenblume zu.

Sie war wirklich! Sie schien ihn ja schon zu erwarten. Aber diesmal war er vorsichtiger, er hielt sich in sicherer Entfernung. Mit einem scharfen, gut gezielten Schlag trennte er die größte Blüte ab. Sie rutschte über die Dolden auf den Boden; er hatte Lust, sie in den Boden hinein zu stampfen, blieb dann aber stehen, denn er merkte, daß auch noch aus der abgeschlagenen Blüte Tentakel im Umkreis alles betasteten. Und so lange er hinsah, wurde die Bewegung der klebrigen Fäden kaum schwächer. Sie hatte also ein überaus zähes Leben, und das nötigte ihm Respekt ab. Eine Kolonne riesiger Ameisen kämpfte sich in diesem Augenblick über die kleiner werdende Lichtung, doch als der Vortrupp in die Nähe der sterbenden Blüte kam, bog er aus, und das Heer der Wanderameisen folgte.

Die Lichtung war früher viel größer gewesen, sie waren noch allein, die Kinder noch nicht geboren, waren vielleicht glücklich: rodend, pflanzend, arbeitend. War es das? Hatte sie sich langsam verändert, durch Kindergeschrei, Saugen, Tasten, Hilflosigkeit, Alleinsein? Er wußte es nie, und nun würde er es nie mehr wissen. Was also zermarterte er sich den Kopf? Liebe? Was war sie angesichts der Tatsachen?

Eines Tages war völlig überraschend eine uralte Frau, anscheinend in einer Art Festgewand, gekommen, in einem Tragsessel, würdevoll, und viele Indios begleiteten sie. Die Männer brachten Geschenke, die Uralte, alt wie Höhle und Wald, ließ erst andere reden, Unverständliches, anscheinend der Hierarchie nach, und begrüßte dann beide in unverständlicher Sprache, wenigstens schien es eine Begrüßung zu sein, denn sie war freundlich. Natürlich war dies nicht die erste Begegnung mit dem Stamm, aber doch die erste sichtbare. Der Siedler und seine Frau waren überrascht, aber da in einem Topf zufällig heißes Wasser kochte, bot er der alten Frau eine Tasse löslichen Kaffees an.

Das wurde ein großer Erfolg. Die alte Dame kostete vorsichtig, spuckte auch zuerst etwas aus, aber jeder Schluck schien ihr besser zu schmecken. Es war, als entdecke sie Altvertrautes wieder. Seither kam sie oft, mit größerer Begleitung oder manchmal nur mit vier Trägern, um ihren Kaffee zu trinken, und die Siedler sorgten dafür, daß er nie ausging; sie gingen selber sparsam damit um. Die Alte beschenkte sie dafür mit Körben voller Fisch, auch mit Wild, und zu Anfang hatten sie das sehr nötig, denn der Mann, der nur die Stadt kannte, stellte sich sehr ungeschickt an bei der Jagd und beim Fischfang. Bald lehrten ihn die Indios verschiedene kleine Kniffe, auch die Zeiten, wann man am besten Fische stach oder schoß: wenn die Fliegen lästig wurden und ein Gewitter aufzog. Er lernte auch einige Brocken ihrer Sprache; freilich beherrschte er sie nie, wie später einmal die Kinder sie sprechen sollten.

Wieder stand er vor der Blütenwand, sie zog ihn an, und er begann nun mit ihr zu reden, laut, umständlich, und wußte nicht, daß er redete. Als er darauf aufmerksam wurde und noch hörte, wie er sagte: Die Stunde bestimme ich, da erfaßte ihn kurz wahnsinnige Wut, und er fetzte mit der Rute kreuz und quer in die nachgiebige Wand hinein. Blüten fielen, Striche erschienen, rote fleischige Wunden, die sich aber bald wieder schlossen. Ihm ahnte, daß diese Blume nur als Vortrupp ausgeschickt worden war, und daß er genausogut auf Buschwerk oder Lianen oder Bäume hätte einschlagen können. So zog er sich wieder zurück, etwas beschämt.

Der Teil des Gartens, der einmal für Arzneipflanzen bestimmt gewesen war — er war nicht mehr zu erkennen, so sehr hatte ihn Unkraut überwuchert. Aber das war nicht mehr seine Sorge. Er hatte vor Krankheiten keine Angst. Angst hatte er eher vor den sonst so harmlosen Farnen mit ihrem großen Gefieder, die, so schien es ihm wenigstens, nun auch kräftiger, härter, höher wuchsen, und gleichzeitig sah er ihrem Wachsen zu und nahm es als unabänderlich hin; und er war zufrieden. Angst hatte er, immer wieder, vor dem Wahnsinn. Aber vielleicht merkte er dann nichts mehr. Manchmal sagte er sich: Seit die Kinder weg sind, und der Hund, bin ich nicht mehr ganz richtig da oben.

Er hatte vor vielen Jahren lang gebraucht, diesen Platz zu finden. Er durfte nicht im Überschwemmungsgebiet liegen, sondern mußte etwas höher, auf der Terra firme, sein, und doch in der Nähe eines Flusses, denn es wäre unerträglich gewesen, jedesmal erst eine Tagesreise machen zu müssen, wenn er zur Station fahren wollte. Zwei Tage Fahrt flußabwärts lag nämlich die »Station«, eine Bretterbude, die halb über dem Wasser hing und wo manchmal auch Dampfer anlegten. Dort konnte er seine Tauschgeschäfte betreiben, dort bekam er Munition, die er im Lauf der Jahre immer weniger benötigte, denn nun konnte auch er geschickt mit dem Blasrohr umgehen — und in der Station bekam er auch seinen Kaffee, den löslichen. Zu hinaus, trennte Geräusch von Geräusch, und lächelte. Sein Gehör war noch ausgezeichnet, die Augen ließen etwas nach. Er sah einen Augenblick lang einen tauben blinden Menschen durch den Urwald taumeln — so weit konnte es nicht kommen, das Ende war früher da, das unerbittlich heranwachsende Ende. Flüchten wollte er nicht, konnte er nicht. In den letzten Wochen war auch die Station aufgehoben worden, das war das letzte, was er gehört hatte. Der kleine Dampfer nahm einen anderen Weg. Er konnte also bleiben, es blieb sich gleich. Ob Fische ihn fraßen oder Blumen ihn aufleckten oder Ameisen sich den Rest nahmen, es war nicht mehr wichtig. So blieb er.

Vor vierzehn Tagen hatte es ihn noch unruhig gemacht, daß er nicht absehen konnte, wie er im letzten Augenblick reagieren würde: vielleicht wehrte sich der Körper ohne und gegen seinen Willen, und er dachte kurz daran, aufzustehen und sich in die Blumenwand zu werfen, doch kam er bald wieder davon ab. Nein, so leicht sollten sie es nicht haben mit ihm. Das sagte er sich immer wieder vor.

So wartete er träg auf das nächste Gewitter und den großen Regen, der dann kam. Wahrscheinlich war dann alles entschieden. Er fühlte und hörte, wie es herankroch und heranschlich; er packte die mürben Stricke der Hängematte, setzte sich aufrecht und bleckte die Zähne wie ein Hund. Ein Gedanke kam ihm, er betrachtete ihn neugierig, packte ihn mit zwei Fingern, warf ihn weg, hinunter ins Unkraut. Nein, so leicht nicht. Langsam fiel er zurück, rasch schlief er ein.

ERWARTUNG
Não me faleis tal,
que eu morrerei,
mas não griterei.

Der Himmel lag leicht auf den Bergen, der Blick ging weit. Das Gelände fiel nach Süden ab, Hügel schoben sich ineinander. Die Ebene und der große Fluß waren nicht zu sehen. Drüben, weit drüben stiegen wieder Hügel auf, die Sierra schloß alles ab. Und dann nur mehr Himmel.

Die Vera war gescheckt, es sind noch nicht die Farben der Spätzeit, aber jeder Baum hatte sein Grün. Anfang September hält das noch, dann kippt es um. Die Berge traten näher, das Laub fiel, im November hing der Nebel über Bäumen und Büschen, es ist nicht mehr meine Sorge. Schade.

Aus der Ebene steigt er dann, das Wasser schwitzt ihn aus. Wasser war freundlich im Sommer, wenn die Luft in der Hitze über der Erde zitterte. Wasser, Luft, Feuer. Zuletzt die Erde. Verwirf nicht den Menschen zum Verderben, du, der gesagt: Bekehret euch, Menschenkinder!

Könnte ich das alles aufnehmen, könnte es bleiben drinnen in mir, übergehen sollten die Augen, ich ein Faß. Bier. Sehr kalt. Das Fieber ist noch leicht, es wird zunehmen. Wenn sie mich ins Schlafzimmer schaffen — dieses Land sehe ich nicht mehr.

Warum nicht?

Mach dir nichts vor.

Noch scheint die Sonne, Josua hielt sie auf vor Gabaon, Sonne, Mond hielt er auf. Ich kann es nicht. Ungeheuer war der Tag, wie man ihn nie wieder gesehen hatte, weder vorher noch nachher. Ich habe meine Zeit gehabt. Wann war sie? Hier steht die Antwort. Danach war sie nie. Denn tausend Jahre sind vor deinen Augen wie der gestrige Tag, und wie eine Wache in der Nacht. Was ist dann eines Menschen Leben? Ein Hauch auf der Oberfläche eines Spiegels. Das Glas wird wieder klar, der Spiegel bleibt leer.

Eine Uhr schlägt, aber eine närrische Stunde, es kann noch nicht so spät sein. Dem Schlag nach ist es der Toten-

Vielleicht habe ich versagt. Vielleicht habe ich mich selber schuldig gemacht. War ich nicht ein Anhänger des Erasmus? War nicht Valdés einer? Es ist schon eine Ewigkeit her. Er hat meine Politik immer verteidigt. Er war mir mehr als nützlich. Auch er wollte die Reform der Kirche an Haupt und Gliedern. Was ist davon geblieben? Als die Pest in Wien ausbrach, ist es mir gelungen, zu entkommen. Er fiel in die Grube. Er weiß jetzt mehr als ich. Weiß er mehr? Einer seiner Dialoge spielt in der Unterwelt. Damals ergötzte mich das sehr. War es nicht Sünde? Die Feinde des Glaubens sind stärker geworden. Wir gehen dahin in deinem Zorn, und in deinem Grimm werden wir fortgeschreckt. Du stellst unsere Missetaten ins Licht deines Angesichts.

Wo ist da Rettung? Bei ihr wäre Rettung. Sie war der einzige Mensch, den ich liebte. Ist das nicht zu wenig? Ihre Briefe. Sie gab sich mit den Kanzleiformeln am Schluß nicht zufrieden, sie setzte hinzu: Beijo as mãos de vosa magestade. Und darunter, etwas abgesetzt: La Reyna. Ich wüßte vielleicht nicht mehr, wie sie aussah, wäre da drinnen nicht ihr großes Porträt. Wüßte ich es nicht mehr? Ein schrecklicher Gedanke.

Das störte den Rhythmus des Gebetes so, daß er innehielt:

Zeit, meine, deine Zeit. Wie, wenn sie nicht ist? Wenn sie nie gewesen ist? Oder Zeit: hungrig, gefräßig.

Er erinnerte sich an einen Ameisenlöwen, er war jung, es machte ihm Spaß, zuzusehen.

Wo war das gewesen? Er wußte es nicht mehr. Gleichviel:

Das Loch im Sand. Die neugierig darauf zuhastenden Ameisen. Oder war es nicht tödliche Neugier? Sie kamen an den Rand, und der Räuber bombardierte sie mit Sand, daß sie ihm in die Fänge fielen. Denn er saß auf dem Grund. Und Sand rieselte wieder ins Loch. Wer wartet auf uns?

Ich kann das Bild, die Bilder nicht mitnehmen. Nicht

mein Jüngstes Gericht: im Leichenhemd hinanknieend zur Dreifaltigkeit. Es ist etwas pompös geraten. Früher waren sie bescheidener. Tizian lebt noch, auch Antonio Moro. Warum?

Eine Uhr schlug. Zirpte. Es ist die kleine, das Äpfelchen. Die Rose wird folgen, dann vielleicht der Frosch. Er verzog keine Miene.

Borja hat sie im Sarg gesehen. Er kannte die Lebende gut, die Tote besser. Nicht die Verewigte, wie sie höflich und tückisch sagen. Ewigkeit, es ist nicht endlose Zeit, es ist der Zusammenbruch der Zeit, ihre Überwindung, das Ruhen von Stunden Tagen Jahrtausenden. Er war so entsetzt, daß er sein Leben änderte. Ich kann mein Leben nicht ändern. Vielleicht hänge ich deswegen so an ihm. Ich darf es ihm nicht zu sehr zeigen. Es wäre unschicklich.

Auch die Uhren nicht.

Die Erinnerungen sterben mit mir. Auch meine Einsichten. Ich habe vieles schriftlich niedergelegt. Wer wird sich an meine Erfahrungen halten? Muß nicht jeder sie selber machen? Im Prinsenhof sagte man mir, ein Herdkessel sei etwas Heißes, man dürfe ihn nicht berühren. Ich habe hingegriffen. Habe ich ihnen nicht geglaubt? Jedenfalls habe ich mir die Finger verbrannt. Es tat sehr weh. Ich biß in die Oberlippe. Wie er.

Wenn ein Mensch nicht mehr gehen kann, wenn er die Lust am Essen verliert . . . Ein begrabener Lebendiger. Völlerei ist eine Tod-, eine Hauptsünde. Sardellen Aale die teuersten Fische auch Fleisch immer wieder Fleisch, gebraten, die Fische in Sülze, ah . . . Und eingemachte Früchte. Sie schwitzen den Zucker aus. Oder auch frische, je nach Jahreszeit. Kirschen vor allem. Essen, aber nur mehr in der Phantasie. Jetzt wird es mir leicht zu bekennen: ein Fresser bist du gewesen, die Krankheit hast du dir willentlich zugezogen. Pfui, ein Fresser! Einer, der sich nicht halten kann. Einer, der das Bier in sich hineinstürzt. Eisgekühlt. Ein Sack . . .

Da sah er plötzlich Jeromín im Garten. Der Kleine trug einen Stecken in beiden Händen; der Stecken war länger als er selber. Beim Fischteich angekommen, stellte er den Stab ins Wasser. Was tut er da? Fische wird er kaum fangen wollen wie diese verfluchten Bauern, die mir das Obst stehlen und nicht davor zurückschrecken, das Wasser aus dem Teich abzulassen, um an die Fische heranzukommen. An den Ohren müßte man sie aufhängen. Und dann jammern sie noch!

Jeromín steckte die Stange an einer anderen Stelle des Teiches wieder ins Wasser. Er wiederholte das mehrmals. Das ist sonderbar.

Vor zwei Tagen die eigene Totenmesse. Als wäre er schon gestorben.

Der Beichtvater, ein guter Tropf, hatte zuerst abgewehrt und von langem Leben geredet.

Er hatte sich nicht beirren lassen.

Dann stand er in der Kirche. Sie schloß zwar unmittelbar an den kleinen Palast an, der an ihre Südfront angebaut war, trotzdem hatte es lang gedauert, bis er, wankend, unterstützt, hinübergekommen war. Er stand dort, die Kerze in der Hand. Requiem aeternam . . . Und die Mönche hatten das Dies irae gesungen, nicht ganz richtig, aber immerhin passabel.

Nochmals: Ist das jetzt meine Sorge? Habe ich nicht zu sorgen für das Heil meiner armen Seele? Jedenfalls weiß ich jetzt, wie es sein wird, wenn ich wirklich tot bin. Nur ohne mich. Ohne mich! Ohne Schmerzen!

Das linke Knie schmerzte sehr. Er streckte es vorsichtig aus. Und plötzlich ist es dann im ganzen Körper. Die Worte der Kaiserin fielen ihm ein, im ersten Wochenbett:

Não me faleis tal, minha comadre . . .

Ja, sterben werde ich. Werde ich aber auch nicht schreien? In der letzten Angst vielleicht? Vielleicht bin ich dann willenlos, ein Bündel Nerven, Muskeln? Herr, kehre wieder! Wie lange noch? Laß dich erbitten über deine Knechte!

Und nach der Messe dann das üppige Essen. Es hatte den Anfall ausgelöst, besser: es waren die Vorboten. Das Schlimmste, das Letzte kam erst.

Jeromín schleppte den Stecken hinter sich her. Er kam in die Nähe der Rampe. Der Kranke winkte ihn zu sich.

Was tust du da unten?

Der Kleine sah ihn ehrfürchtig auch etwas neugierig an; er besann sich aber schnell und sagte mit hoher, etwas singender Stimme:

Ich habe den Stecken ins Wasser gehalten, und er ist abgeknickt. Dann zog ich ihn heraus, und er war gerade. Und immer, wenn ich ihn ins Wasser hielt, knickte er ab.

Er hatte eine Verbeugung gemacht, noch immer nicht sehr geschickt.

Er weiß nicht, daß er mein Sohn ist. Das ist gut. Sie haben versucht, ihm in aller Eile gute Manieren beizubringen. Ein Page ist aus ihm noch nicht geworden.

Das Licht, sagte er dann, es ist das Licht. Es geht durch die Luft, es geht durch das Wasser. Aber Wasser ist dicker, dichter. Deshalb knickt der Stecken scheinbar ab. Aber du wirst an ihm keine Bruchstelle finden.

Ich habe schon danach gesucht und nichts gefunden.

Wie weit kannst zu zählen?

Ich weiß es nicht.

Du wirst noch viel lernen müssen. Geh wieder in den Garten. Aber behalte mich im Auge. Wenn ich dir ein Zeichen gebe, dann holst du Juanelo.

Er wußte, daß jetzt, gegen Abend, der Umriß der Berge immer klarer wurde — aber gerade jetzt begannen sie ihm zu verschwimmen. Das Fieber stieg also. Es ist dagegen kein Heilkraut gewachsen, ich werde sagen müssen: Bringt mich hinein.

Eleonor war gestorben, die Schwester. Die Mutter war tot. Hätte ich mich nicht mehr um sie kümmern müssen? Habe ich nicht überall versagt? Sie mochte Sardellen nicht. Hätte ich jetzt nicht Schmerzen . . . Und dann das Bier! Und im letzten Augenblick frage ich vielleicht: Was ist das gewesen? Der Prediger hat so gefragt. Denn alle unsere Tage schwinden dahin, und wir vergehen in deinem Zorn; unsere Jahre sind zu achten wie ein Spinngewebe; die Zeit unserer Jahre sind siebenzig Jahre, und aufs höchste achtzig Jahre, und was darüber noch, ist Mühsal und Schmerz. Mir ist die Zeit kürzer zugemessen worden. Mühsal und Schmerz — es ist reichlich, genug, übergenug.

In die Höhle zurückkehren.

Plötzlich wurde er ungeduldig. Die Sonne war noch nicht untergegangen. Heiße Schauer. Sie wechselten mit kalten. Er gab das Zeichen.

Kurze Zeit darauf kam Juanelo: der berühmte Cremonenser. Der Kranke sagte:

Die Uhren anhalten! Alle!

Giovanni tat, was der Herr ihm geheißen: der untersetzte, unmäßig breite Mensch ging durch die Räume des Obergeschosses, hängte Schlagwerke aus, griff in die Uhren, entspannte die Federn. Fragen hatte er sich abgewöhnt. Dann kam er wieder auf den Altan.

Der Gichtbrüchige sagte in die Stille hinein, die von einer Amsel begleitet wurde:

Jetzt gehen sie zum erstenmal gleich.

Giovanni schwieg. Der Kranke schätzte dieses Schweigen. Er sagte dann:

Du erinnerst dich noch, wie ich selber zwei Uhren machte: jedes Teilchen der einen Uhr war genau gleich, in

Größe, in Stärke, auch Gewicht dem entsprechenden Teilchen der anderen. Räder Zapfen Unruhe, alles gleich. Trotzdem lief die eine rascher.

Es wird eine Zeit kommen, da die Uhren gleich rasch ablaufen werden.

Wie weit bist du mit der großen Uhr?

Der Mechanismus, der die Planetenbahn regiert, er muß jetzt eingebaut werden. Dann ist die Uhr fertig.

Wie lange noch?

Bis Ende Oktober. Es muß alles aufeinander abgestimmt werden.

Dann erlebe ich es nicht mehr. Du wirst sie nach meinem Tod fertig machen. Und dann sieh zu, daß niemand eine Uhr stiehlt. Stehen alle im Verzeichnis?

Alle.

Der Kranke lächelte. Die Mönche hatten Angst vor Torreano. Er beschäftigte sich nicht nur mit Uhren, er stellte auch mechanisches Spielzeug her: kleine Figuren, die sich verbeugten, Vögel aus Metall, die durch die Luft flatterten. Die dummen Mönche glaubten, er habe einen Bund mit dem Teufel geschlossen.

Menschen wollte ich regieren, Völker, und nicht einmal bei Uhren ist es mir gelungen.

Er verabschiedete ihn mit einem Lächeln.

Die Planetenuhr. Planeten, sie kreisen. Immer?

Dann versank er in einen Zustand, der ihn alles vergesen ließ, oder besser: er wurde leichter. In den Abend gehoben. Ihn fröstelte nicht mehr. Er schlief nicht, doch war es eine Art von Erwachen, als er merkte, daß der Beichtvater neben ihm stand.

Bringt mir das Kruzifix. Ihr Kruzifix.

Der Pater ging ins Haus.

Mit ihm habe ich lange Gespräche geführt. Was hat er davon verstanden? Da war es besser, Boethius zu lesen.

Oder Cäsar. Seltsam: Diese beiden Namen ... Beide ermordet.

Der Pater brachte das Kruzifix mit aller Sorgfalt, er hatte ein Tuch um den Fuß des Kreuzes gehüllt, um es nicht zu berühren. Dann hielt es der Kranke in den Händen, vorsichtig ungeschickt. Er konnte nicht mehr recht fühlen. Er durfte es nicht fallen lassen, so umkrampfte er es bald. Sie hatte es im Sterben gehalten. Ich werde es im Sterben halten. So Gott will.

Der Pater setzte an:

Der Arzt ...

Er soll kommen. Und Don Luis. Und Jeromín. Aber zuerst wollen wir beten.

Sie beteten laut:

Herr, unsere Zuflucht bist du geworden von Geschlecht zu Geschlecht. Ehedenn die Berge wurden und gebildet ward die Erde und ihr Umkreis, bist du, Gott, von Ewigkeit zu Ewigkeit. Verwirf nicht den Menschen zum Verderben, du, der gesagt: bekehret euch, Menschenkinder! Denn tausend Jahre ...

Als der Psalm zu Ende gebetet worden war, kamen die anderen.

Der Kaiser sah sie an und sagte rauh:

Es ist Zeit. Bringt mich hinein.

Luft, Sonne, Licht. Vorsichtig. Der Arzt wußte: er fieberte stark. Er selber spürte es kaum. Was er fühlte, war: Erwartung, Ungeduld, die er in Geduld verwandeln mußte, auch etwas Neugier, mehr noch Angst, wie es zu überstehen sei.

GEDANKEN DES VERGÖTTLICHTEN JÜNGLINGS

Sie führen mich dem großen Tempel zu. Die Prozession wird immer größer. Bald müssen wir zum Markt kommen.

Die Stadt Tenochtitlán geht über von Blumen und Blüten. Rosen durchsetzen alles mit ihrem Duft. Dazu kommt der Geruch von Wasser. Ich wußte nicht, daß Wasser so stark riechen kann. Es ist ein etwas fauliger Geruch, aber mit den anderen Düften vermengt nicht unangenehm. Ich möchte jeden Duft aus den anderen Düften nehmen und möchte sagen: Das ist der. Und das ist der.

Von den Kanälen erheben sich stumm die großen Vögel.

Warum haben sie mich gewählt?

Ich lernte die Flöte spielen, ich sammelte Blumen und Schilf. Alle verehrten mich. Wer mir begegnete, fiel auf Knie und Stirn und küßte die Spuren meiner Füße.

Ich bin das Abbild des Gottes auf Erden. Ich bin der Gott.

Der Herr des rauchenden Spiegels, der Herr Tezcatlipoca: ich habe ihn gehört, den Herrn meines Jahres: schreien hörte ich ihn des Nachts mit einer Vogelstimme. Es war ein blauer Vogel, der die Zukunft voraussagte. Da weissagte ich auch. Hörte mir jemand zu?

Das Gedränge ist ärgerlich, aber doch auch erfreulich. Auf dem Markt eilt man mir entgegen und bietet mir an: Silber Gold Juwelen Stoffe kostbare Federn, aber auch gekochte Yukawurzeln, Bohnen und Salbei. Ich nehme nichts. Die Priester nehmen es an sich. Ich nehme nur etwas Salz und Brot. Das ist das Gesetz.

Immer wieder stockt der Zug. Tausende gehen mit. Sie wollen die Kraft des Segens, den ich aus jeder Pore schwitze.

Ich habe mich mit Quetzalcoatl in eine Schlange verwandelt. Zwei Schlangen, die das große Ungeheuer, die Große Göttin, zerrissen. Wir schufen Himmel und Erde. Die Göttin weint oft, sie dürstet nach Blut. Ist auch Tezcatlipoca durstig? Braucht er Menschenherzen? Hungert er danach?

Die Federschlange war mir freundlich. Sie wurde mein Feind. Aber Quetzalcoatl kann mir nichts antun, denn ich bin der Entrückte, der Verborgene, der im Dunkel der Nacht lauert, er, der seine Parteigänger hat. Unzählbar bedecken sie die Erde. Sie schwärmen nach allen Richtungen aus, mich zu schützen.

Ich lernte das Lächeln des Gottes. Ich war höflich. Sie liebten mich. Ich ging in die Häuser und berührte ihre Frauen. Ich strich mit der flachen Hand über die Stirn der Kinder.

Die Bäcker bringen Honigkuchen. Andere kommen mit Goldkörnern.

Die Prozession zieht in den ersten Tempelhof ein. Der Kranz ist mir in die Stirn gerutscht. Ein Priester rückt ihn gerade, denn ich soll die Hände nicht erheben.

Die Bodenplatten sind leergefegt und mit heiligem Wasser besprengt. Viele Menschen sind vor den Toren zurückgeblieben. Trotzdem ist die Prozession noch immer zu füllig.

Sie haben alles von mir abgehalten, dennoch hörte ich vieles. Etwa: auf der Spitze der Pyramide wird der Vergöttlichte über den Opferstein gelegt, an Händen Füßen gebunden. Das Messer aus Obsidian durchschneidet seine Brust. Das Herz wird herausgerissen und der Sonne geopfert. Wer aber sollte es wagen, Tezcatlipoca zu berühren? Warum haben sie es mir zugeflüstert? Es sollte eine Prüfung sein.

Alles konnte ich haben. Jede Speise. Aber essen, ist das alles? Jede Frau. Lust, ist das alles?

Sie reden auf mich ein. Ich lächle. Das ist das Gesetz.

Sie werden mir das Herz eines Gefangenen reichen. Ich werde es verbrennen. Werde ich dann wie die Federschlange ostwärts verschwinden? Werden sie mich erwarten?

Am Fuß der Pyramide. Oben erwartet mich der Oberpriester, man hat es mir gesagt. Reicht er mir das bluttriefende

Herz? Er ist sehr fett, und ich wundere mich, wie er die Stufen hochkommt. Es sind mächtige Stufen.

Steinerne Götter, wohlvertraut, geliebt von Kindheit her. Der Regengott. Der Gott der Wiedergeburt.

Die Prozession kommt nur langsam voran. Wir halten auf jeder Stufe. Und ein Priester bricht dann eine Flöte entzwei, auf der ich während des Jahres gespielt habe. Es waren viele Flöten im Lauf eines Jahres.

Der Maisgott. Die Göttin der Blumen. Der Schmetterlingsgott.

Tenochtitlán entfaltet sich unter mir. Noch nie habe ich es so gesehen, obwohl ich jeden Winkel der Riesenstadt kenne. Die drei Dammstraßen, von Zugbrücken unterbrochen. Auf dem Gipfel wird die Sicht ungehindert nach allen Seiten gehen.

Das Fest dauert nun den fünften Tag. Schöne Frauen und geschmeidige Männer tanzten vor mir. Stiere wurden auf den Plätzen geopfert.

Schön ist Tenochtitlán, mitten im glitzernden Wasser. Eine Frucht auf einer Silberschale. Berstend von Menschen Tieren Blumen. Nun sind die Tempelhöfe, die Märkte von oben zu sehen. Sie werden kleiner, doch sehe ich, wie die Menschen unten ihre Hände ausstrecken, nach mir. Ich gehe sehr leicht.

Auf der obersten Plattform steht ein mächtiger Turm, an seiner Spitze ein kleiner Bau, von Pfeilern getragen: unter den Pfeilern liegt die berühmte, die riesige Pauke. Ein Mann in schwarzem Mantel und mit einer Kapuze tritt auf sie zu, holt gemessen aus, schwermütig klingt der Ton, man hört ihn auf dem ganzen See, er dringt noch weit ins Land hinein. Ich liebe diesen Ton. Wohin sind die Jünglinge, die vor mir da waren, verschwunden?

Aus dem gedrungenen Turm treten Priester, gekleidet wie der Paukenschläger. Ihre Bärte sind blutverklebt.

Blutrinnen führen aus dem Turm in eine Senke, Blutrinnen streichen von Altären weg, die auf der Plattform stehen. Auf den Altären liegen die Reste von Menschenherzen, angekohlt. Weshalb sind sie nicht ganz verbrannt?

Die Priester, die mich begleitet haben, bleiben stehen, ebenfalls die Priester aus dem Turm. So bleibt zwischen uns ein größerer Raum. An welchem Altar soll ich opfern? Man wird es mir sagen. Sie haben mir alles gesagt. Wo ist das Herz? Man wird es mir geben. Trompeten ertönen. Ein Priester löst sich von den anderen; er tritt ehrfürchtig auf mich zu, die Handflächen nach oben gekehrt. Auf ihnen liegt ein scharfes Messer, ein Messer aus Obsidian. Ich habe keine Furcht. Keine Furcht.

DAS NETZ

Einmal mußte es ja geschehen.

Der Clown saß hoch über den Menschen; die Gesichter und Körper verschwammen zu einer färbigen Masse; Rot stach besonders hervor, manchmal war auch Weißes zu sehen. Hätte der Clown die Augen eines Raubvogels gehabt, würde er Angst und Entzücken da tief drunten unterschieden haben, aber er las diese Gefühle aus dem Murmeln, einzelnen Aufschreien, die ihn eher beflügelten. Er saß dicht unter der Zirkuskuppel. Von unten her stieg dicker, feuchter Dunst, der sich unter dem Zelt sammelte, und dann und wann glaubte er auch kühle Nachtluft zu spüren, aber das war sicher ein Irrtum, denn die riesigen Planen waren dicht geschlossen; auch der stärkste Regen drang nicht durch. Er arbeitete gern beim prasselnden Aufschlag der Tropfen; heute wußte er, daß Sterne um das Zelt kreisten, um ihn kreisten, er stand in der Mitte, er konnte sich ganz konzentrieren.

Es war eine Juninacht, also dufteten irgendwo die Blüten des Holunderstrauches, duftete der Jasmin; er aber schätzte längst den Gestank, der da zu ihm hochkroch, mehr als alles andere. Es roch nach Schweiß, nach fauligem Atem, nach Sägespänen und beißend nach Tierkörpern, nach Urin auch, es war ein unverwechselbarer herrlicher Geruch. Als er sich nun anschickte, auf das hochgespannte Seil zu treten, sehr hoch über der Manege, da wurde es unten still. Denn das hatte niemand von ihm erwartet.

Aber dieser Künstler war ein besonderer Clown; er war nicht nur der dumme August, er war auch ein kühner Seilläufer. In seiner Jugend hatte er lang geschwankt, was er denn nun werden sollte, Seiltänzer oder Clown; aber es gelang ihm, beide so gegensätzlichen Berufungen unter einen Hut oder, besser gesagt, den Spaßmacher aufs Seil zu bringen. Denn beides verträgt sich nur schwer miteinander: während der eine auf dem Boden mit Riesenschuhen umherwatschelt, über die er immer wieder stolpert, und dazu herzzerreißend schön eine Trompete bläst, tanzt der andere auf dem Seil seine spitzfüßigen Pirouetten, und dem werten Publikum stockt der Atem, es will nicht lachen.

Er trat zwischen einzelnen Nummern immer wieder auf, um die Menge zu erheitern, die ihn schon mit Händeklatschen und Lachen begrüßte, er kam, wenn die Zirkusleute den großen Käfig für die Raubtiere aufrichteten, er war vor den Elefanten da und schien die Jongleure und Trapezkünstler, die Pyramidenbauer und Affenbändiger zu stören, kurz, er schien sich übereifrig in alles mischen zu wollen, aber seine große Nummer kam erst gegen Ende des Programms. Dann stand er neben einer zierlichen Tänzerin, die ein rosa Ballettröckchen angezogen hatte und die sich immer wieder in einem großen Handspiegel bewunderte, und er versuchte ihre Aufmerksamkeit zu erregen. Er ging würdig durch die Manege, fiel dabei aber auf die Nase. Er fiedelte auf einer Geige, aber die Saiten rissen eine nach der anderen. Auf der letzten Saite spielte er dann ein kläglich anzuhörendes Liebeslied, stürzte dabei aber in einen mit Wasser gefüllten Bottich. So ging das einige Zeit dahin. Aber die Tänzerin war offensichtlich in einen rothaarigen Athleten verliebt, dem sie Kußhändchen zuwarf. Auch hier störten die Aufmerksamkeiten des Clowns; seine Verliebheit paßte der Tänzerin nicht, sie lief auf eine Strickleiter zu, warf unterwegs den Spiegel von sich und rettete sich unter das Zirkusdach.

Nun stolperte er, jeden Abend, auf die Strickleiter zu, prüfte sie, entledigte sich seiner großen Schuhe, winkte der Tänzerin, begann den Aufstieg mit hochgerecktem Gesicht. Und es war auch höchste Zeit gewesen, denn der Athlet näherte sich drohend. Auf mittlerer Höhe etwa wurde dem von unseliger Liebe Gepeinigten unheimlich, aber nun konnte er weder vorwärts noch zurück, und er brach in ein lautes Greinen aus, was regelmäßig vom Publikum mit Lachen quittiert wurde. Endlich faßte er sich ein Herz und stieg höher, bis zur Plattform. Aber da hatte die Tänzerin bereits eine Stange gepackt und war auf das Seil geflohen.

Da stand er nun und wußte nicht, was er anfangen sollte. Sie drehte sich, zierlich scharwenzelnd, nach ihm um, sie schien ihn zu locken, und man sah den Bewegungen seines Körpers an, daß er ihr folgen wollte, aber doch zu große Angst hatte — und wie er sich so auf der Plattform krümmte, der Geliebten Unverständliches nachrief, die Arme weit ausbreitete, da glaubte kein Zuschauer, er werde sich auch hinauswagen. Aber dann geschah, jeden Abend wieder, das Unerwartete. Er packte eine Balancierstange, doch zeigte es sich, daß er damit überhaupt nicht umzugehen wußte. Statt in der Mitte, packte er die Stange an einem Ende. Man sah, wie er gegen die Stange kämpfte, wie er sie beschwörend in die Luft hob, wie sie ihm auf die Nase fiel, wie er so einige Schritte tat, wie er sie loswerden wollte und es ihm nicht gelang, wie die Stange abstürzte, daß den Menschen unten das Lachen verging, wie er stolperte, daß jeder meinte, nun stürze er der Stange nach — aber während die Tänzerin sich bereits auf die gegenüberliegende Plattform gerettet hatte, begann nun seine eigentliche, seine große Nummer.

Er machte nun einen Salto mortale nach dem anderen, und das Seil warf ihn immer wieder hoch. Er trippelte vorwärts, er ging zurück, er schien heillos auf dem Seil zu stürzen, aber er tat dies alles mit solcher Sicherheit, daß unten wieder alle lachten. Aber es waren nicht nur seine Riesensprünge, es war noch etwas anderes. In alles wußte er groteske Liebesbezeugungen an die Tänzerin einzuflechten, die nun schon die Arme nach ihm ausstreckte, bezwungen war von seinen Sprüngen; aber der Spaß, den eben diese Sprünge ihm nun zu machen schienen, wurde stärker, er schien die Tänzerin zu vergessen, und endlich lief er zu seiner Plattform zurück.

Dort stand er dann wie ein Denkmal seiner selbst und plusterte sich auf. Die Tänzerin wollte zu ihm laufen, er aber kletterte an einem hängenden Seil in die Tiefe, zog eine winzige Trompete aus der Tasche und blies darauf in schrecklichen Tönen einen Siegesmarsch zum Gaudium aller.

Sie alle merkten ja: er war ein Großer seines Faches; Angst brauchte man um ihn nicht zu haben, wenn er da in der Höhe turnte, und außerdem spannte sich unter ihm das Netz, es konnte gar nichts geschehen.

Aber eben deswegen war er nicht ganz zufrieden. Das Netz störte ihn empfindlich. Es hinderte ihn daran, ganz er selber zu werden; es zerstörte seinen Traum, der größte Seiltänzer und Clown aller Zeiten zu sein. Er fühlte deutlich, wie seine Fähigkeiten verkümmerten, wenn er seine Späße so gefahrlos trieb. Er wußte: er kam auch ohne Netz zurecht; die Nummer ließ sich jederzeit verändern, frei wollte er sein, schwer wie ein Mensch und leicht wie ein Vogel.

Er war in einem Zirkus aufgewachsen, aber der Zirkus seiner Jugendtage war längst eingegangen, man hatte die Tiere billig abgeben müssen, das Zelt war verschleudert worden wie die Wohnwagen. Damals hatte er davon geträumt, selber Direktor zu werden, dann aber hatte er diesen Gedanken nicht weiter verfolgt: der Direktor sitzt am Schreibtisch, er organisiert, denkt an den nächsten Spielort, er zahlt Gelder aus, er muß sich um kranke Tiere kümmern, kurz, er ist nicht bei der Sache, oder nicht eigentlich bei der Sache, höchstens, daß er am Abend schöne Pferde dirigiert, die allerlei Mätzchen machen müssen, er ist trotz Frack und Zylinder nichts Besonderes. Er aber wollte etwas Besonderes sein, ein weltberühmter

Meister seines Faches, und eben daran hinderte ihn das Netz.

Als er hier im Zirkus engagiert wurde — wir erinnern uns alle an sein erstes Auftreten — und man seine großen Talente zweifelsohne erkannt hatte, da sagte er noch rasch: Und ich mache das alles ohne Netz! Aber der Direktor hatte den Kopf geschüttelt und gesagt: Entweder mit Netz oder überhaupt nicht! Der Direktor sagte das nicht so ins Blaue hinein, er hatte seinen Grund: Vor nicht allzu langer Zeit war einer seiner besten Seiltänzer abgestürzt und hatte sich das Genick gebrochen. Seitdem mußte ein Netz gespannt werden. Der Clown dachte: Welch ein Stümper muß das gewesen sein! und erwiderte: Jeder von uns kann jeden Augenblick abstürzen, mit oder ohne Netz! Aber der Direktor schien ihn nicht zu verstehen, es kam zu einem Wortwechsel, in dessen Verlauf der Direktor schrie: Wer ist hier der Herr, ich oder Sie? Daraufhin mußte der Clown seine Nummer, die sich ursprünglich ganz auf ihn selber bezogen hatte, umbauen; er nahm die Seiltänzerin hinein, und alles wurde eine halbe Sache, auch wenn das niemand wußte, nicht einmal die Zirkusleute, schon gar nicht der Direktor wußte es.

Es ging nicht mit einem Mal, nicht plötzlich, sondern langsam: aber eines Tages erkannte der Clown genau, daß er das Netz haßte, daß er den Direktor haßte, der ihn zu dieser halben Sache zwang. Der Haß folgte ihm in den Traum hinein. Im Traum war das Netz gefallen, der Direktor stand mit Pferdehufen auf dem Seil, höchst lächerlich und ungeschickt; sein Gegner machte einen Riesensprung über den Wimmernden, Aufwiehernden, und der Direktor fiel und fiel, er stürzte und stürzte, so hoch war kein Zirkus der Welt, so tief war der Haß des Clowns.

Und einmal mußte es ja geschehen.

Eines Abends — die Tänzerin stand schon auf der Plattform, er turnte auf dem Seil, setzte sich dann geschickt, schaukelte frech mit den Beinen, bis der Körper und das Seil in immer stärkere Schwingungen gerieten, zog eine kleine Geige aus der Tasche und fiedelte unglaublich behend ein Lied, während das Zirkusorchester einfiel und seine närrischen Weisen übernahm — löste sich das Netz. Wie immer es geschehen sein mochte, niemand konnte es später sagen. Daß der Clown etwa selber mitgeholfen haben könnte, daß sich das rettende Netz aus der Verankerung löste — diesen Gedanken hätte jeder sofort als absurd abgetan; und er war ja auch absurd. Der fiedelnde Clown oben bemerkte nur mit Befriedigung, wie ein Mann in Frack und Zylinder in die Manege stürzte, wie Lackschuhe sich in den Maschen des Netzes verfingen, wie der Mann auf die Nase fiel, wie er mit weitausholenden, sehr komisch wirkenden Gebärden den Frack von den Sägespänen zu reinigen versuchte, wie er sich abklopfte und sich den Schweiß von der Stirn wischte, wie er den Zylinder aufhob, der auf das Netz gefallen war, und ihn zurechtrückte; und all dies tat er so unnachahmlich, daß der Clown dachte: Er hat Talent, man darf ihm das nicht abstreiten! Dann blickte der Direktor verzweifelt zur Zirkuskuppel auf, und wieder fiel der Zylinder zu Boden.

Das Publikum, das alles für eine neue, sehr gute Nummer hielt, lachte und johlte. Der verstörte Direktor schrie auf und begann in der Manege umherzutaumeln, als würde er vom Lachen der Menge angefeuert. Durch das Brüllen des Publikums hindurch stieß sein spitzer Schrei, der dann in hohes Kreischen mündete. Sein Fuß verfing sich wieder in den Maschen des Netzes. Der Mann stürzte. Das Publikum hielt den Herrn Direktor für einen Clown. Der starb unten in der Manege, nachdem er Zeichen eines großen Talentes gegeben hatte. Der Clown oben lächelte zufrieden. Nun hatte es sich endlich herausgestellt, wer hier der Herr war.

DIE CAPA

Sie war aus tiefblauem Samt, mit einer Goldbordüre und Goldstickereien, das Futter weiße Seide, alles vielleicht ein wenig zu aufwendig, zu wenig dezent, aber der ganze Stolz ihres Besitzers.

Er stand, die Capa keck umgehängt, mit einem Freund in der Nähe des Paseo, der damals durch die Alcalá ging, und betrachtete, freundlich, dicklich und in der Nachmittagssonne leicht schwitzend, aber auch etwas aufgeregt, die an ihm vorbei trampelnden Menschen. Wahrhaftig, dachte er, nur Madrid ist Hof und Königsstadt, nur in Madrid sieht man so elegant gekleidete Menschen! Verschleierte Frauen trieben an ihnen vorbei (wovon mindestens die Hälfte ausgekochte Huren waren) und edle Caballeros, hinter deren Schnurr- und Spitzbärten sich oft genug das Gesicht eines Gauners verbarg.

Es waren die Zeiten des vierten Philipps, den Hofdichter und ähnliches Gesindel auch den »Großen« nannten; das Reich in voller Verwesung, und auf dem Leichnam saßen nun überall glänzende Schmeißfliegen, es krochen, bei genauerer Betrachtung, auch schon die Würmer hervor.

Freilich war davon nicht viel zu bemerken, wenigstens in Madrid nicht. Jeder Hungerleider spielte den großen Herrn, jeder Betrüger machte den Edelmann auf Kosten anderer. Da es auf den Abend zuging, war die Hitze immer weniger lähmend; Karossen fuhren auf ab; das Fluchen der Kutscher, die einander nicht Platz machen wollten, war weithin zu hören, dazu das Knallen der Peitschen, das Schnauben geängstigter Pferde, das Schreien der Limonadeverkäufer, das Scharren und Trampeln unzähliger Füße, das wirre Brausen des Gesprächs, immer wieder stachen Erkennungsschreie hervor, Begrüßungsgemurmel aber ging unter.

Eben wollte der Besitzer des kostbaren Umhangs sich in die Menge stürzen, um endlich mit dem Spaziergang zu beginnen, auf dem man sieht und gesehen wird, da hielt ihn der trockene Freund, der um einen guten Kopf größer war, schnauzbärtig zurück:

Ich möchte dich nochmals warnen, Fernando! Du weißt, die Capeadores sind bei diesem Wetter und zu dieser Zeit besonders unternehmungslustig, sie gleichen Fliegen vor dem Gewitter. Eine so schöne Capa werden sie sich nicht entgehen lassen!

Die Mantelräuber waren zu dieser Zeit eine besondere Zunft geworden, mit Anstandsregeln Vorschriften Gesetzen. Sie rissen im Gedränge eine noch so krampfhaft festgehaltene Capa ab, verhökerten sie dann und lebten gut von ihrem Gewerbe. Denn je schlechter die Zeiten wurden, um so prächtiger wurden die Capas.

Der Angesprochene lächelte:

Habe ich deswegen lange Jahre gespart und mir diese Capa schneidern lassen, um sie dann bei mir zu Hause aufzuhängen? Nein nein, José, sei unbesorgt! Ich kenne die Methoden dieser Gauner. Schau her! und er faßte die Capa mit beiden Händen leicht am Saum. Wer sollte sie mir da entreißen?

Ich habe dich gewarnt, sagte der Freund. Meine Capa können sie ruhig haben, sie ist alt und schäbig, aber gerade die werden sie nicht wollen. Solltest du es dir nicht noch einmal überlegen? Man behauptet, nicht nur gewerbsmäßige Diebe seien hier am Werk, sondern auch Söhne aus großem Haus, Söhne von Granden Herzögen, die aus purer Lust am Stehlen unterwegs sind. Es kitzelt sie, wenn sie eine Capa herunterreißen, und sie müssen, sagt man, ihrem Kitzel nachgeben. Aber ich sehe schon: ich kann predigen soviel ich will; du läßt dich nicht zurückhalten. Gehen wir also! Ich bitte dich nur: paß auf! Ich werde dir dabei helfen.

Beide drängten sich, quetschten sich zwischen den vielen Menschen durch, begierig, nach San Felipe zu kommen, denn dort, auf den Stufen der Kirche, wurde der jeweils neueste Tratsch gehandelt und zuweilen auch bezahlt.

Die Bewegung in dieser Menge war außerordentlich lustvoll. Don Fernando versuchte immer, vor sich Raum zu schaffen, damit die Entgegenkommenden die Capa sehen konnten. Traf ein Blick die Stickereien und dann den Besitzer, war er selig, und da er glaubte, alle müßten die Capa bewundern, ging er in einem unbeschreiblichen Hochgefühl die leicht ansteigende Straße weiter — sie kamen vom Buen Retiro.

Auf halbem Weg etwa begegnete ihnen eine leicht verschleierte, allem Anschein nach außerordentlich schöne Frau. Wie sie die zierlichen Füße zu setzen wußte, ihr Gang überhaupt, die feingliedrigen Finger unter hübschen Handschuhen, die graziöse Bewegung des Fächers, vor allem aber ein nur halb verborgenes reizendes Gesicht, das alles entzückte unseren guten Tropf, und da sie ihn und vor allem die Capa überraschten Blickes ansah, sich offensichtlich fragend, wie Träger und Kleidung übereinstimmten, dachte er: Ja, es ist wahr, die Kutte macht den Mönch! Neben ihm angelangt, streifte sie leicht die Capa und machte dann ein winziges, kaum wahrnehmbares Zeichen mit dem Fächer, er solle ihr folgen. Als der Betörte sich umdrehte, spürte er kaum ein leichtes Zerren, nichts Gewaltsames, aber die Capa war wie durch Zauber verschwunden. (Gott sei's gelobt, sagen wir aufatmend, fürchteten wir doch schon, die Capa könne nicht, wie vorgesehen, geraubt werden — aber jetzt kommt diese schiefe Geschichte wieder ins Lot, freilich nicht für den armen Teufel, der die Capa eben noch besessen hat.)

Don Fernando also schrie auf, als er sich plötzlich so entblößt sah, und Don José sah ihn erschrocken an — er hatte seine Aufmerksamkeit einer anderen Schönen zugewandt, und schon war das Unglück geschehen. In der

Menge wurde Lachen laut, sagt doch schon das Sprichwort, das wir hier gern zitieren: Gehörnt bist du worden, und dann noch verprügelt!

Aber schon im nächsten Augenblick sahen sie in fremde Gesichter, fanden sie sich eingekeilt, und Don José sagte schuldbewußt und deshalb um so eifriger:

Wir müssen dem fremden Frauenzimmer nach! Sicher war sie nur ein Lockvogel und sollte unsere Aufmerksamkeit ablenken. Kehren wir rasch um!

Sie kehrten um, drängten schlugen sich durch die Menge, aber die schöne Frau war nicht mehr aufzufinden. Viele schimpften fluchten, lachten aber schließlich schadenfroh, als Don Fernando immer wiederholte: Meine Capa! Ach Gott, meine Capa!

Da war nun nichts zu machen. Niedergeschlagen verschwanden beide schließlich in einer Nebenstraße, wobei Don Fernando sagte: Hätte ich nur auf dich gehört! Die Capa war, auf ihre Weise, unersetzlich: der Besitzer oder besser: der ehemalige Besitzer, einer aus der großen Schar tapferer Hungerleider, hatte sie selbst entworfen, ihren Schnitt bestimmt, und ein Künstler von einem Schneider, der denn auch entsprechend teuer war, hatte nach seinen Angaben mit Goldfäden Fabeltiere in den Stoff gestickt, worunter sich eine elendslange Schlange besonders schön ausnahm oder ausgenommen hatte, und dazu kam ein Netzwerk goldener Pflanzen, die zum Großteil nur in der Phantasie ihres Schöpfers wucherten, Pflanzen, worin die Tiere sich verstrickten, und das alles überzog ausgewogen und überzeugend den nachtblauen Samt, und da, wie wir aus leidvoller Erfahrung selbst zu bezeugen wissen, tatsächlich Kleider Leute machen und nicht nur Leute Kleider, sollte dieses Kunstwerk denn auch der Anfang einer großen Laufbahn werden, die ein armer Teufel einzuschlagen gedachte, von dem bislang niemand zu sagen wußte, wie und wovon er sich ernährte, und dem es aus diesen Gründen bisher auch versagt geblieben war, an eine Gefährtin zu denken, die ihn ein ganzes Leben, wenn auch hungernd, begleitet hätte. Die Capa stand stellvertretend für ein Glänzenderes: mit ihr ausgerüstet, wäre er vielleicht leichter von Posten zu höheren Posten gestiegen, und in seinen Tagträumen ging er sogar soweit, daß der Graf-Herzog von Olivares, der allmächtige Favorit, auf ihn zutrat und ihm, einem kleinen, immer wieder übersehenen Beamten, den Weg zu Ehren zu Ruhm wies. Welch eine kindische Rechnung! Die Capa war verschwunden, und damit zerbarst auch der Traum in häßliche Scherben.

Als sie so an einer Kirche vorbeischlichen, sahen sie einen Blinden, der auf den Stufen saß und bettelte. Um der Barmherzigkeit Gottes willen! rief er, als er die Schritte hörte, nur einen Obolus! Gott wird es Euer Gnaden reichlich lohnen.

Don José sagte überrascht:

Die Bettler dieser Stadt bitten um Maravedís, wohl auch um einen Realen, einen Vierer. Weißt du auch, was ein Obolos ist?

Der Bettler lächelte spöttisch:

Wie denn nicht? Er ist das Fährgeld über den Fluß in der Unterwelt. Das meinte ich nun nicht. Aber wenn Euch das Wort stört, so gebt mir einen Vierer, und Gott mit Euch!

Don Felipe sagte gedrückt:

Ist der Kübel schon in den Brunnen gefallen, soll der Strick auch hinterdrein, und er gab ihm alles Geld, das er in seiner Börse fand.

Der Blinde tastete die Münzen sorgfältig ab und war erstaunt, einen so reichen Fang gemacht zu haben.

Gottes Segen ruht auf diesen Silberrealen, sagte er dann, und Euer Gnaden werden vielleicht früher, als Ihr denkt, Seine Hand spüren. Ihr habt Mitleid mit den Armen und

Blinden, obwohl Ihr doch kein großer Herr seid und obendrein. einen schmerzlichen Verlust erlitten habt.

Woher willst du das wissen? fragte Don Fernando, bist du doch blind!

Ich hörte Euer Gnaden reden, antwortete der Blinde, und zwar schon von weitem. Wie Ihr wißt, ist das Gehör eines Blinden außerordentlich scharf. Die Capa ist Euch gestohlen worden? Ach, sind das Zeitläufte! Aber Ihr habt mich reich beschenkt, ich will mich erkenntlich erweisen. Wie hoch steht die Sonne?

Zwei Stunden etwa vor dem Untergang, erwiderte Don José.

Dann hat es heute keinen Zweck mehr, etwas zu unternehmen, sagte der Blinde bedächtig. Kennen Euer Gnaden das Haus mit den sieben Rauchfängen?

Das Haus des englischen Gesandten?

Ja, dieses Haus. Geht an der Hinterfront, am Garten, hügelauf, San Felipe zu. Geradeaus stoßt Ihr in einer Senke auf ein in einem etwas verwilderten, großen Garten liegendes, allein stehendes Haus. Klopft dreimal an, zweimal kurz, einmal lang — was die Pausen angeht, versteht sich. Eine alte Magd wird Euch aufmachen.

Und?

Sagt zu ihr einfach: ›Drei und vier machen neun.‹ Wundert Euch nicht über den Unsinn, es ist die Losung, allerdings nur für morgen! Ihr müßt also unbedingt morgen dort sein, sonst bleibt Euch das Haus verschlossen. Will sie weiteres wissen, was nicht unmöglich ist, so sagt, Ihr hättet mit Einauge gesprochen, und man wird Euch vertrauen. Verlangt, ins Gewölbe geführt zu werden, vielleicht findet Ihr dort Eure Capa wieder. Habt Ihr die Losung behalten?

Ich glaube schon, sagte Don José, ›drei und vier machen neun.‹ Aber warum nennst du dich Einauge?

Zwischen blind und blind gibt es feine Unterschiede,

sagte der Blinde etwas empfindlich, um den einen ist undurchdringliche Nacht, der andere sieht vielleicht einen Schimmer. Es könnte aber doch auch ein Spitzname sein, aus früheren Tagen, da ich noch auf einem Auge sah. Zu neugierig sollte man nicht sein; wer viel fragt, geht leicht in die Irre.

Woher weißt du so genau Bescheid über Losungswort und Gewölbe? fragte Don Fernando.

Ich sagte Euer Gnaden schon: Neugier ist ein schlüpfriges Pflaster. Doch will ich noch einmal antworten: Der Teufel ist nicht so schlau, weil er der Teufel, sondern weil er alt ist! Wer lang lebt, erfährt viel. Und nun Gott befohlen!

Er stand auf, nahm den Stock und tastete damit seinen Weg ab. Von Zeit zu Zeit stieß er einen rauhen Schrei aus.

Da standen unsere Freunde nun, und Don Fernando fragte:

War er nun blind, oder einäugig, oder sah er vielleicht besser als wir?

Ich weiß es nicht, erwiderte Don José, ich weiß nur eines: wir müssen das tun, was er uns sagt. Ob wir die Capa finden? Ich glaube fast ja.

Am nächsten Tag gingen beide Freunde zum bezeichneten Haus. Es lag tatsächlich in einem großen, stark verwilderten Garten, dazu in einer Senke. Nicht nur die Bäume waren lang schon nicht mehr gestutzt worden und griffen nun nach allen Richtungen aus, auch das Gebüsch verflocht sich am Boden; die Dornen waren kaum zu vermeiden. Sie drängten sich durch, und beide verletzten sich dabei leicht an den Händen. Dann klopften sie auf die vorgeschriebene Weise, sagten der Alten das Losungswort und wurden in ein Gewölbe geführt, das sich in mehreren, unüberschaubaren Räumen unter dem ganzen weitläufigen Haus ausdehnte.

Zuerst sahen sie, von draußen kommend, nicht viel, aber da doch graues Licht durch die Kellerfenster kam, merkten sie sehr bald, daß sie in einer Art riesigen Trödelladens waren. Gold glitzerte matt auf, abgebrannte Fackeln steckten an den Wänden, und neben ihnen hingen verwelkte Blumenkränze, aber es steckten auch prachtvolle Blumen in Vasen, nur waren die Blumen aus Seide und blühten immer. Auf Kommoden standen alte Öllämpchen, ausgestopfte Vögel, Spiegelkästen voller aufgespießter Schmetterlinge. Winzige Truhen aus Elfenbein lagen wahllos zwischen Schmuckstücken, Uhren tickten, kostbare Spiegel blinkten, Waffen funkelten, und zu all den Kostbarkeiten kam, alles überwuchernd, unglaubliches, scheinbar wertloses Gerümpel, kamen Werkzeuge und Geräte bis zur Schaufel. Einen großen Platz nahmen die Capas ein, die zu Tausenden an den Wänden und im Raum hingen. Es war, als hätte ein hochvermögender Mann, ein Liebhaber besten Zuschnittes, sein Leben lang kostbare Capas gesammelt — keine einzige war auch nur gewöhnlich, schon gar nicht schäbig zu nennen.

Ein kleiner alter Mann mit gewaltig aufgezwirbeltem Schnurrbart und bedeutendem Buckel empfing sie und schnitt ihnen, als José etwas sagen wollte, das Wort ab:

Nur keine langen Vorreden, sie können das Buch doch nicht ersetzen. Ihr seid mir von hoher Stelle bereits empfohlen. Das alles hier steht Euer Gnaden zur Verfügung. Natürlich ist es nicht sehr billig, aber doch höchst preiswert im Vergleich zu einer neuen Capa.

Den Freunden blieb der Mund offen, nicht nur, weil eine Capa wirklich schöner als die andere war, kostbar in Stoff und Verarbeitung — und schon wühlten sie sich durch Berge, denn Don Fernando wollte unbedingt seine Capa finden —, auch nicht deswegen, weil dieser alte Mann oder sein Herr oder wer immer der Besitzer des Gewölbes war, der größte Hehler von ganz Madrid sein mußte: am meisten erstaunte sie der Empfang und die Empfehlung. Der Alte zuckte mühsam die Schultern, wobei der Buckel widerwillig mitging, und sagte:

Eine schöne Sammlung, nicht wahr? Doch möchte ich ausdrücklich davor warnen, einen Büttel oder Alguacil, überhaupt die Heilige Justiz, die angeblich die irdische Gerechtigkeit vertritt, hierher zu bemühen. Sie kennt das Lager; ihre Beamten decken sich hier auch wohl ein, natürlich mit älteren Stücken, die nicht allzu auffällig und kostbar sind, kurz, sie sind mit uns im Bund, und dazu kommen hohe Herrschaften, und wer etwa Klage gegen uns erheben wollte, der könnte sich sehr rasch eine Gegenklage wegen Verleumdung einhandeln oder gar ohne gerichtliche Untersuchung in einem Gefängnis verschwinden.

Er lächelte breiter, als er die Verblüffung beider Freunde sah.

Das ist der Lauf der Welt, sagte er, eine Hand wäscht die andere, und jeder hofft, daß ihm dabei das eine oder andere Goldstück an den Fingern hängen bleibt. Wir werfen das Haus zum Fenster hinaus, und wir fahren sehr gut dabei. Euer Gnaden suchen, wie ich gehört habe, etwas Bestimmtes?

Nun schilderte Don José die Capa in allen Einzelheiten und sagte:

Wenn es hier nur etwas lichter wäre, wir hätten die Capa sofort — sollte sie sich tatsächlich hier befinden.

Der Bucklige lächelte:

Sonne kommt hier allerdings nicht herein — das Licht würde den Farben empfindlich schaden. Nachtblauer Samt, nicht wahr?

Ja, erwiderte Don Fernando, und das Futter weiße Seide.

Ein wunderschönes, wenn auch höchst aufwendiges Stück, ein Stück über alle Verhältnisse, erbeutet auf dem Weg nach San Felipe, sagte der Alte. Die Capa ist mir sofort aufgefallen, sie zeugt von großer Phantasie des Schneiders, und das kann nur einer sein, und er nannte den teuersten Schneider, an der Puerta del Sol.

Tatsächlich hatte dieser das Stück verfertigt.

Sie ist also hier? fragte Don Fernando rasch.

Allerdings, erwiderte der Verwachsene, und sie befindet sich noch unter den Neueingängen, und er führte sie zur Capa, auf die graues Morgenlicht fiel, als wäre dies eine Bestätigung der vorangegangenen Worte.

Ja, das ist sie, flüsterte Don José seinem Freund zu. Wir wollen fragen, was sie kostet.

Ich soll sie also wirklich noch einmal kaufen? fragte Don Fernando so laut, daß der Alte es hören mußte. Er sagte denn auch:

Es ist ein besonders schönes Stück, so etwas sieht man nicht alle Tage, nicht einmal hier! Schauen Euer Gnaden doch: dieses immer wieder auftauchende Motiv: die uralte Schlange, die wohl den teuflischen Hochmut darstellt, und der die Unbefleckte Jungfrau den Kopf zertreten hat. Und hier das Einhorn, wie es sich im Wald der Laster und Sünden sicher glaubt, wohl ein Bild der Jungfräulichkeit, wie ich vermute.

Und er rühmte die Capa, jede Stickerei erläuternd, bis Don José ungeduldig fragte:

Was also soll sie kosten?

Der Alte nannte eine Summe — es war etwa die Hälfte des Preises, die die Capa zuerst gekostet hatte.

Don Fernando wollte schon die Börse vom Gürtel abnehmen, die von geliehenem Gold strotzte, denn er dachte daran, daß diese Capa das Werk seiner Phantasie gewesen, er gewissermaßen ihr Schöpfer war — denn der Schneider, mochte er noch so berühmt sein, hatte sich ihm ganz unterworfen, hatte die Zeichnungen penibel ausgeführt, und es war auch alles wohlgelungen, so daß er gern gesagt hätte: Der Meister bin ich! und nur Scham hielt ihn davon ab —, da kamen ihm plötzlich Bedenken, wie er sie bisher nicht gehabt hatte:

Kaufen soll ich die Capa?

Um etwa die Hälfte des ursprünglichen Preises, sagte der Alte freundlich. Ihr selbst könnt mir dann sagen, ob ich sie richtig eingeschätzt habe.

Da sagte Don Fernando fest:

Ich werde das gestohlene Gut nicht wieder einlösen!

Wie? fragte der Freund verblüfft, du willst ohne deine eigene Capa zurückkehren? Du willst sie nicht billig kaufen? Denn billig ist sie doch jetzt, ja oder nein, verhältnismäßig billig wenigstens?

Ich werde sie nicht zurückkaufen, sagte Don Fernando bleich. Mache ich mich damit nicht mitschuldig? Helfe ich nicht, daß Stehlen und Hehlen weiterhin blühen? Daß immer wieder Capas abgerissen und hier verkauft werden, nur darum, weil sie hier ihre Abnehmer finden? Nein, ich werde meine Capa nicht kaufen!

Euer Gnaden scheinen wahrlich ein Heiliger zu sein, sagte der Alte, die Lippen verziehend, gäbe es nur mehr von Eurer Sorte auf dieser schönen Erde! Wir lebten dann alle wie im Paradies. Ach, könnte nur jeder so sein wie Ihr!

Machte er sich lustig über den armen Teufel?

Der Freund zupfte den so von Gewissensbissen gepeinigten Don Fernando am Saum der Capa, die er jetzt trug: sie war oftmals geflickt, verschlissen, an anderen Stellen glänzte der Stoff so, daß jedem ordentlichen Schneider das Herz im Leib brechen oder auch lachen mußte, je nachdem.

Um des Himmels willen, bedenke dich doch! sagte Don José. Deine Haltung ist höchst ehrenwert, aber sie hätte nur dann einen Sinn, wenn alle so dächten wie du. Hast du denn nicht gehört, daß auch die Heilige Justiz . . . Nun, wir leben nun einmal unter Gaunern, und wir müssen nach der Musik tanzen, die man uns aufspielt.

Ich kann Euer Gnaden nur beipflichten, sagte der Alte, wenn ich auch nicht von ›Gaunern‹ reden möchte; das ist eine Frage des Standpunktes. Nun? und er wandte sich an Don Fernando.

Aber einer muß doch den Anfang machen, sagte der Bestohlene, wenn auch schon schwächer.

Etwa mit der Ehrlichkeit? fragte der Alte. Dazu müßten wir in einem anderen Äon leben; er wird hier auf Erden nie kommen, zu keiner Zeit, bei keinem Volk. Also kann ich Euer Gnaden nur raten, zu kaufen. Morgen ist diese außergewöhnlich schöne, diese nie genug zu rühmende Capa vielleicht schon verschwunden, und ein hoher Herr trägt sie, dem Euer Gnaden, mit allem Respekt und der schuldigen Ehrerbietung sei es gesagt, vielleicht nicht einmal an die Schuhsohlen reichen möchten.

Aber ich kann sie doch nicht kaufen, wehrte sich Don Fernando, nun schon gegen seine Überzeugung. Wie sollte er ohne die Capa, ohne sein Meisterwerk, dieses Gewölbe wieder verlassen? Wie aber mit ihr? Er sagte gequält:

Und die zehn Gebote? Befiehlt uns nicht die heilige Mutter Kirche und unser aller Herr Jesus Christus . . .

Ihr seid ein wahrer Christ, soweit uns das überhaupt gestattet ist, sagte der Alte mit großem Ernst. Ja, es ist wahr, unser Herr Jesus Christus, der die Sünden der Welt auf sich genommen hat und der für uns am Kreuz gestorben ist, Er hat uns befohlen, Ihm nachzufolgen. Aber ist das nicht ganz und gar unmöglich? War Er denn, bei allen Heiligen! nicht wahrer Gott, und sind wir nicht schwache Menschen und arme Sünder dazu? Ah, Euer Gnaden dürfen mir Unwürdigem glauben: wie oft wollte ich schon die Imitatio Christi antreten — es ist mir schlechterdings unmöglich; diese Welt ist nun einmal nicht danach, leben wir hier doch in der unteren, nicht in der oberen Sphäre — ja, ich hörte sogar neulich von einem Menschen, wir trügen die Hölle in uns — was freilich die Heilige Inquisition nicht gern vernehmen möchte.

Da wandte sich Don Fernando an seinen Freund:

Hilf du mir doch, José! Du siehst doch, in welcher Lage ich bin! Soll ich denn unfreiwillig zum Hehler werden?

Da sagte der Alte feierlich:

Ecce homo! Lügen betrügen hehlen stehlen, es ist des Menschen Tagewerk — bis zu seinem Tod. Er mag sich bei seinem Ende vergnügt die Hände reiben, wenn nicht auch Mord darunter war. Wie? Ihr hättet noch nichts verhehlt? Eure eigene Meinung etwa, die Ihr im gegebenen Augenblick unbedingt hättet sagen müssen? Wißt Ihr denn nicht: wer schweigt, stimmt zu? Und nie gestohlen? Auch nicht eines anderen Menschen Zeit — und das ist das kostbarste der Güter, ist Zeit doch unwiederbringlich. Oder vielleicht Liebe abgestohlen und sie dann weggeworfen? Was man da an Kleidern und anderem Kram stehlen kann — es ist harmlos im Vergleich dazu. Ihr habt noch nie jemanden betrogen? Von kleiner Lüge will ich gar nicht reden, belügen wir doch nicht nur andere, sondern genausogut uns selber, und belügen uns unausgesetzt — sonst könnten wir nicht leben, mit der abscheulich nackten Wahrheit, von der niemand wissen will, wie sie aussieht! Wolle Gott, man könnte ein Heiliger sein — aber Er selber in Seiner Weisheit macht es uns unmöglich, hat er doch die Welt so eingerichtet, wie sie ist! Oder: seid Ihr wirklich ein Heiliger?

Ja, aber . . . setzte Don Fernando ein.

Der Alte unterbrach ihn freundlich:

Einmal muß es ja sein! Und es wird, das sehe ich wohl, sehr bald sein!

Don Fernando streichelte sein Meisterwerk, er dachte: Hinauf wieder, ans Sonnenlicht, dort kann die Capa glänzen, dort kommt sie zur Geltung; seine Finger zitterten, und plötzlich formten sie sich ohne sein Zutun zur Kralle.

DER FLÜCHTLING

Der Wind ging stoßweise, so daß immer wieder Fetzen des Liedes zu ihnen heraufwehten. Er blieb stehen: Die Hymne! sagte er überrascht.

Ja, antwortete der Führer wütend, und ich wünschte, den Autor dieses blutrünstigen Machwerks vor mir zu haben! Ich könnte ihm dann den Tritt versetzen, den er sich verdient hat, und könnte sehen, wie sein Körper von Felsen zu Felsen stürzt!

Der Führer war ein alter Mann, aber äußerst stark, das hatte er schon mehrfach bewiesen. Rouget de Lisle schluckte eine Antwort hinunter.

Sie standen hoch über dem Tal, den Tälern, denn hier, vor der italienischen Grenze, schoben die Berge sich ineinander, bildeten ein unentwirrbares Labyrinth, und der junge Offizier hätte allein niemals den Weg gefunden. Er war auf den Führer angewiesen. Der kannte jeden Weg. Er war Schmuggler und eingefleischter Royalist dazu.

Der Nebel kroch höher. Vom Tal waren vor Stunden nur kleine Flecken zu sehen gewesen, nun ertränkte der Nebel auch niedrigere Gipfel. Dem Flüchtling war dies recht; er war nicht frei von Schwindel. Der Nebel verhüllte die Gefahren und Schrecken der Steilwände. Bei schwierigeren Passagen machte der Führer ihn aufmerksam, ergriff seine Hand, ja, einmal setzte er ihm auch Fuß vor Fuß. Bei dieser Gelegenheit merkte der Offizier, wie stark der andere war, wie zäh sehnig.

Wie heißt das Lied? fragte er, etwas zu drängend.

Die Marseillaise, antwortete der Führer. Wir müssen weiter.

Diesmal gab Rouget de Lisle nicht nach: Ich muß stehen bleiben. Ich bin erschöpft.

Und nach einer kurzen Pause — kurz, um den Führer nicht zu verärgern:

Warum heißt die Hymne so?

Weil Leute aus Marseille sie im Land verbreitet haben. Leider! Sie ist die Hymne des Terrors.

Der junge Mann erinnerte sich an einen Brief seiner Mutter, sie hatte geschrieben:

›Wie? Ich höre, daß man Euren Namen in Zusammenhang mit einer revolutionären Hymne nennt, die jetzt eine durch ganz Frankreich ziehende Horde von Räubern singt? Es wäre mir eine große Erleichterung, könntet Ihr mir schreiben, Ihr hättet nichts damit zu tun!‹

Er hatte der Mutter damals geschrieben, daß allerdings er den Text geschrieben und die Melodie komponiert habe. Das jetzt aber frei herauszusagen war nicht ratsam.

Geschrieben wurde sie zu Straßburg, sagte der Führer. Seid Ihr nicht auch in Straßburg in Garnison gelegen, einmal?

Ja, sagte der Autor, und ich weiß auch ziemlich genau Bescheid, wie sie zustande kam. Wir können weiter.

Wieder hörten sie den marschmäßigen Rhythmus des Liedes und konnten einzelne Worte verstehen.

Der Nebel ist in zwei Stunden verschwunden. Ich verstehe mich aufs Wetter. Dann müssen wir über der Grenze sein.

Ich glaube, das wird gehen.

Alle Royalisten sind auf die Liste gesetzt worden; ich habe schon mehrere geführt, Ihr seid nicht der erste, sagte der Alte und nahm ihn bei der Hand. Wir müssen jetzt über mehrere Steinplatten, sie sind glitschig. Achtet wohl darauf, daß Ihr nicht ausrutscht. Ich könnte Euch vielleicht nicht halten.

Sie kamen sehr langsam, aber gut über die Platten weg.

Ihr seid ein wackerer junger Mann! Der König wird es Euch lohnen.

Der König?

Sie haben ihn umgebracht, sagte der Führer, sein Gesicht

verzerrte sich. Der Dauphin, so heißt es, wird von einem Schuster mit Prügelsuppe erzogen. Aber der Bruder ist im Ausland, und er kommt wieder, an der Spitze eines Heeres, das schwöre ich Euch!

Rouget de Lisle war da nicht so sicher. Aber er hütete sich, den gewalttätigen Führer zu reizen.

So kamen sie gut vorwärts. Der Geächtete setzte vorsichtig Schritt vor Schritt. Aber er dachte an sein Werk, das in den Augen und Ohren seines Führers ein Machwerk war.

Nun ja, er konnte zugeben: der Text war miserabel. An jenem Morgen hätte er länger schlafen sollen. Aber vielleicht hätte er dann alles verschlafen. Der Beginn war recht passabel, aber dann troff die Standarte von Blut, blutrünstige Soldaten brüllten auf, sie erwürgten die Kinder in den Armen der Eltern wie beim Mord zu Bethlehem, vorwärts, marsch, kein unreines Blut darf den Boden unseres Landes tränken! Die zweite Strophe, mit den rächenden Armen oder dem Wunsch, daß die verröchelnden Feinde deinen Triumph und unsere Glorie sehen möchten — sie war nicht besser. O heilige Liebe zum Vaterland! So siehst du aus, blutverschmiert?

Aber war vielleicht gerade das der Grund, daß die Hymne, seine Hymne, in ganz Frankreich gesungen wurde? Der Text in seiner Blutrünstigkeit schmeichelte dem Herzen, jeder konnte seinen patriotischen Gefühlen Lauf lassen, ohne sich dabei etwas zu denken. Nein, der Text war nicht so schlecht, nicht ganz schlecht. Und die Eitelkeit des Autors bemächtigte sich seiner.

Und die Musik? Die Musik zum Text war ausgezeichnet, nach wie vor! Sie deckte die Schwächen und möglichen Albernheiten des Textes völlig zu. Man hatte ihm erzählt, daß der General Bonaparte diese Musik sehr schätzte und in diesem Zusammenhang erklärt hatte: ›Von allen Künsten hat die Musik den meisten Einfluß auf die Leidenschaften, sie sollte ein Gesetzgeber deshalb am meisten pflegen!‹

Aber hieß das nicht, die Völker musikalisch zu versklaven? Oder was hieß es sonst? Gute Musik — schreckliche Wirkung? Aber seine Eitelkeit wehrte sich kräftig. War er dafür verantwortlich zu machen, wenn man seine Komposition mißbrauchte, wie das die Führer des Terrors taten?

Gebt acht, rief der Führer. Ihr denkt an anderes als an die Flucht! Vergeßt nicht, was sie mit Euch anstellen werden, sollten sie Euch fangen! Und vielleicht werden sie das Lied, das Ihr früher gehört habt, brüllen, wenn sie Euch um einen Kopf kürzer machen. Die Maschine wartet!

Sie gingen nun, auf der Höhe angelangt, über einen schmalen Grat.

Denkt jetzt an nichts, warnte der Führer, Ihr könntet rechts oder links abstürzen! Wer daran denkt, der ist schon verloren. Gebt mir die Hand!

Sie gingen fast nebeneinander, der Führer vielleicht einen Schritt hinter dem Flüchtling.

Ihr habt plötzlich nasse Hände, sagte der Alte. Das ist kein gutes Zeichen.

Ich kann es mir nicht erklären, sagte Rouget de Lisle. Ich schwitze sonst nie an den Handflächen.

Habt Ihr Angst?

Nein! Nein! Nein!

Wir haben bald das Schlimmste überstanden, sagte der Führer, etwas unruhig. Dann können wir rasten.

Schweigend gingen sie weiter. Nach endloser Zeit verschwanden sie hinter einem Felsblock. Dort setzten sie sich.

Ich hätte Euch einen leichteren Weg führen können, sagte der Alte, aber er wäre nicht so sicher gewesen, und jetzt, da die Häscher dieser Pariser Banditen überall alles durchschnüffeln, jeden Talwinkel, schien es mir ratsamer, hier zu gehen. Ihr habt Euch gut gehalten. Eine so schlimme Stelle kommt nicht mehr. Eßt und trinkt!

Sie aßen, sie tranken. Unterdessen glaubte der Autor, sein Lied wieder zu hören. Der Führer, der noch sehr scharf hörte, sagte finster:

Jetzt singen sie wieder. Gott sei's gelobt, hier ist die Luft rein und klar, hier hält sich diese schmutzige Weise nicht, sie kommt kaum bis in diese Höhen. Sagtet Ihr nicht, Ihr wüßtet, wie dieses Lied entstanden ist?

Ja, erwiderte der Autor, der Komponist war einmal ein Freund von mir.

So ist er nicht mehr Euer Freund? Das ist gut: schlechte Gesellschaft soll man meiden.

Was sollte Rouget de Lisle darauf erwidern? Er befand sich ja in eigener Gesellschaft, steckte in seiner Haut, wollte auch trotz aller Bedenken nicht heraus.

Da, sagte der Alte und fütterte ihn mit Brot und Speck. Der Schnaps brannte.

Warum sollte der Flüchtling sich nicht verteidigen?

Kurz vor der Kriegserklärung an Österreich war die Straßburger Garnison in heller Aufregung gewesen. Es war ein ungewöhnlich harter Winter. Der Offizier war damals häufig Gast, ein gern gesehener Gast im Haus des Bürgermeisters Dietrich, der trotz seines deutschen Namens ein guter Franzose war. Er, seine Frau und die drei Töchter waren begeisterte Anhänger der Revolution. Anfang 1792 rechnete man allgemein mit dem Krieg, der dann im April auch erklärt wurde — damals lebte der König noch. Überall auf den Gassen standen, trotz der Kälte, junge und alte Menschen in Gruppen und schwärmten von Freiheit und Vaterland, aus ihren Mündern kamen Atemwolken. Skeptiker wurden ausgelacht, einer auch ausgepfiffen. Wer hätte auch denken können, daß die Revolution bald darauf ihr Maul öffnen würde?

Wir dürfen nicht zu lang bleiben, sagte der Alte.

Rouget de Lisle begann stockend:

Mein . . . ehemaliger Freund war Offizier wie ich. Nur: er schrieb Verse und komponierte.

Man sieht das Ergebnis, sagte der Alte spöttisch.

Der Autor ließ sich nicht beirren:

Er war ein Poet. Wir . . . lachten damals über ihn. Wer hätte auch denken können, daß diese Hymne eines Tages von ganz Frankreich . . . von halb Frankreich gesungen werden würde? Er verkehrte im Haus des Bürgermeisters und brachte immer Kommißbrot mit — Brot war damals schon sehr knapp. Es gab Schinken dazu, gut geräuchert, wie man ihn nur im Elsaß kennt. Mein Freund hat mir die Geschichte dann genau erzählt.

Euer ehemaliger Freund?

Ja. Die ganze Stadt war sich einig: nun würde es gegen die Österreicher gehen. Der junge Offizier fühlte sich wohl im Haus des Bürgermeisters. Alle liebten ihn; und er schätzte vor allem die jüngste Tochter. Sie war siebzehn, sie war sehr schön, wenn auch still.

Schau an, sagte der Alte. Er ist verliebt, und schreibt dann solche Verse?

Ja, erwiderte sein Schützling. Und ich weiß auch, wie es dazu kam. Eines Abends aß und trank man in kleiner Gesellschaft, und der Bürgermeister ließ eine Flasche Wein, die letzte, aus dem Keller bringen. Erst gegen Mitternacht ging der Offizier weg. Er spürte die Kälte überhaupt nicht, spürte nicht seine kalte Kammer. Doch war er nicht betrunken, nur trunken. Die Flasche hatte den ganzen Abend über reichen müssen. Aber er war so voller Erwartung, voller Hoffnung, er summte Verse vor sich hin, schrieb aber nichts auf. Er konnte lang nicht schlafen. Und dann schlief er in den Tag hinein. Er stand auf, wusch sich hastig, setzte sich an den Tisch, suchte nach Notenpapier, schrieb die Melodie nieder. Dann die Verse.

So rasch geht das! sagte der Alte. Ich kann nicht schreiben, weder Noten noch Verse. Es geht mir nicht ab.

Rouget de Lisle vergaß sich einen Augenblick:

Ich renne zum Haus des Bürgermeisters zurück, finde ihn im Garten, seine Frau und die Töchter schlafen noch. Dietrich — so hieß der Bürgermeister — später ist er dann auf dem Schafott gelandet — holt ein paar Freunde; die älteste Tochter setzt sich ans Clavecin, und ich singe lauthals.

Ihr? schrie der Alte.

Rouget sah sofort, was er angerichtet hatte:

Das waren die Worte meines ehemaligen Freundes. Er ist übrigens wie ich auf der Flucht.

So hat es also auch ihn getroffen, sagte der Alte, es gibt noch einen Gott im Himmel!

Habt Ihr das jemals bezweifelt? fragte Rouget spöttisch.

Nein! Erzählt weiter. Euer Freund singt, sie hören das Lied zum ersten Mal . . .

Ja, und die Begeisterung ist groß am Ende: einer wirft sich in die Arme des anderen, küßt ihn, und alle wollen das neue Lied immer wieder hören. Ihr müßt verstehen: das Lied bezog sich zuerst auf die Österreicher. Sie waren unsere Feinde.

Ja, höhnte der Alte, das nenne ich eine Erklärung! Wer singt es denn jetzt? Der Gewalttätige, der Gewalt grausam ausübt. Banden von Räubern singen es, die unseren guten König umgebracht haben! So ist das!

›Banden von Räubern‹ — es war fast derselbe Ausdruck, den seine Mutter gebraucht hatte.

Kann der Komponist dafür? fragte er lächelnd.

Wie? Ihr zweifelt noch daran? Es wäre bei Gott besser gewesen, er hätte in jener Nacht tiefer geschlafen und dann alles vergessen. Mitschuldig ist er.

So kann einer nicht schuldig sein und doch schuldig?

Ich verstehe mich nicht auf Eure Feinheiten, sagte der Alte mürrisch, ich weiß nur: Er hat sich selbst das Urteil gesprochen.

Und wie lautet das Eurer Meinung nach?

Man sollte mit ihm keine Umstände machen. Ein Messerstich würde genügen.

Ja, sagte Rouget de Lisle, oder ein Fußtritt.

Wie?

Sagtet Ihr mir das nicht vorhin? Bedenkt, er ist wie ich auf der Flucht. Er steht wie ich auf der Liste. Er ist vogelfrei wie ich. Trotzdem ist es nicht unmöglich, daß ich ihn nochmals treffe, in Italien oder in der Schweiz — falls er wie ich einen großmütigen Führer gefunden hat und ihm die Flucht gelungen ist.

Dann gebt ihm an meiner Stelle den Fußtritt — das Messer wird Euch nicht passen.

Nein, dann schon der Degen. Aber seinen Fußtritt soll er bekommen — aber vielleicht hat ihm schon ein anderer in den Hintern getreten.

Dann geht mit Gott, sagte der Alte. Und jetzt genug geredet und gerastet. Wir haben noch eine halbe Stunde. Habt Ihr die Grenze überschritten, entfernt Euch so rasch wie möglich von ihr. Übles Gesindel treibt sich in der Nähe der Grenze herum, Leute, die alle Übergänge kennen wie ich, und die oft mit den Grenzsoldaten gemeinsame Sache machen. Fällt einer in ihre Hände, dann gnade ihm Gott.

Und Schmuggler? fragte Rouget boshaft.

Der Alte nahm es für einen Scherz:

Der Schmuggel ist ein ehrsames Gewerbe, sagte er lächelnd, er nährt seinen Mann und dessen Kinder.

Schweigend gingen sie weiter. Der Nebel löste sich auf, die Bergrücken waren flach. Nach etwa einer halben Stunde blieb der Führer stehen und sagte:

Seht Ihr dieses Steinmal?

Ja.

Nun, wir sind in Italien. Ihr könnt den Weg nicht verfehlen, ich habe ihn Euch genau beschrieben. Also: zuerst die drei Bäume ...

... dann der kleine Gebirgssee, den Bach entlang bis auf die Hochebene, durch die Schlucht, und an ihrem Ende das Haus.

Gut, sagte der Alte, Ihr hättet einen guten Schmuggler abgegeben.

Und Ihr einen schlechten Komponisten, wollte Rouget schon erwidern.

Was schulde ich Euch?

Nichts, sagte der Alte. Eure Freunde haben mich schon bezahlt. Von Euch werde ich nichts annehmen. Ich freue mich, daß ich einem braven Mann helfen konnte. So seid Ihr noch einmal dem Tod entronnen.

Ja, erwiderte der Gerettete, ich bin ihm vorläufig entronnen. Ich weiß, ich war in höchster Gefahr.

Der Alte ging zurück.

Rouget wollte ihm schon nachschreien:

Der Autor, hier steht er!

Weshalb hatte er sein Werk verleugnet?

Er sah dem Alten lang nach. Der drehte sich um, winkte noch einmal, bedeutete ihm dann aber, den Weg fortzusetzen. Und Rouget machte sich auf den Weg.

Der Punkt wurde rasch größer, die Erde kreiste, Toben erfüllte den Himmel. Bestürzt sah er, daß der andere einen Bleriot flog, der war seiner Etrich-Taube in allem überlegen: Höchstgeschwindigkeit Steigdauer Flughöhe. Er stand mechanisch auf, den Gegner zu grüßen, der sich schon erhoben hatte und salutierte. Es war der berühmte Fitzmaurice, nun war kein Zweifel möglich, trotz Fliegerkappe trotz Schutzbrillen, denn auf der Brust trug er das große matt leuchtende rote F. Auf Bildern hatte er ihn so oft gesehen, er war sein großes Vorbild. Als beide Flugzeuge aneinander vorbeirasten, gelang es ihm, Haltung zu bewahren, obwohl seine Kniekehlen zitterten und er das Weiße im Aug des Gegners sah. Finster lächelte ihn der Kriegsgott persönlich an.

Fast hätte er vergessen, die Runde zu drehen; einige Augenblicke beherrschte ihn der Gedanke zu fliehen so mächtig, daß er nicht imstande war, die Hand zu rühren. Endlich bekam er sich wieder in die Gewalt und verfluchte seine Feigheit. Flucht war sinnlos, der Apparat des anderen schneller, so drehte er wieder um, so dachte er: das also ist der Tod, und erwartete, daß nun in Sekundenschnelle das Leben an ihm vorbeiziehen würde, wie man das oft von Sterbenden berichtet, das Lallen des Kindes wird enträtselt, Lausbubenstreiche und erste Liebe, süße Gespräche mit der Braut. Nichts von alldem geschah. Leere herrschte in seinem Hirn, als sie wieder aufeinander zustürzten, der eine begierig, der andere machtlos.

Fitzmaurice hatte schon vor dem Krieg als Kunstflieger Aufsehen erregt, und kaum zog die Kriegsfurie über das Land, da schoß er drei Etrich-Tauben ab, er knickte sie, löschte sie aus, radierte sie hinweg, wurde hochdekoriert, das ging dem schon Besiegten durch den Sinn. Aber Fitzmaurice war nicht nur Kunstflieger, er war auch Kunstschütze gewesen, das machte alles nur noch schlimmer. So zog der Österreicher bebend die Pistole, das Duell in den Lüften konnte beginnen. Aber der Körper versagte ihm schlicht und einfach den Dienst. Entsetzliche Angst ergriff ihn, er hielt sich krampfhaft fest, die Bewegungen, Zuckungen des Körpers übertrugen sich auf seine Taube, die in allen Verspannungen knackte wackelte hüpfte. Der große Gegner ahnte wohl, was im heranstotternden feindlichen Flugzeug vor sich ging; wieder grüßte er unnachahmlich schön, ohne zu schießen, und das Eisen entsank dem Besiegten. Der Körper rebellierte nun ganz und gar; Einzelheiten ersparen wir uns. Er kehrte um, zur dritten Begegnung, sah aber, mit dumpfem Erstaunen, daß Fitzmaurice davonstürzte schrumpfte verschwand. Nun, da sein Zustand etwas besser wurde, wollte er ihm bitteren Mundes nach, wollte sich auf ihn stürzen, bedachte aber mit Recht, daß der Bleriot ungleich schneller war. Eine heiße Welle stieg ihm zu Herzen, es war Dankbarkeit, der Kriegsgott hatte ihn gnädig verschont.

Als er landete, und man erfuhr, wer der Gegner gewesen, wurde er stürmisch gefeiert. Fitzmaurice hatte salutiert, nicht geschossen, er hatte also dem Österreicher seine Hochachtung bezeugt, dieser war aufgenommen in die erdumspannende Gilde großer Flieger. Er wehrte die Glückwünsche ab, zog sich flammenden Gesichts zurück, schwor sichs zu, dem anderen einmal ebenbürtig zu werden.

Es war ihm nicht mehr vergönnt, sich zu stellen, mit dem anderen auf des Messers Schneide zu stehen. Im Sommer 1915 fiel Fitzmaurice nach fünfzehn Abschüssen. Der Österreicher, nun auch ein berühmter Flieger, dessen Namen in die Annalen des Weltkrieges eingegangen ist und den wir, den Namen nämlich, uns deshalb ersparen können, erfuhr vom Tod des großen Gegners sofort, über die Armeeleitung, zu der er gute Verbindungen hatte, und er beschloß, Fitzmaurice zu ehren, jenen Toten, der ihn so generös behandelt hatte und der sich nun anschickte, in der kühlen Erde Frankreichs zu ruhen. Er ließ in aller Eile einen großen Lorbeerkranz aus Metall fertigen, lud ihn in seine Pfalz I, die, ohne hecklastig zu werden, das Gewicht ohne weiteres in den leeren Himmel trug.

Er kam zum Begräbnis zurecht. In der Bläue kreuzten Flugzeuge, doch niemand belästigte ihn, niemand kam auf den Gedanken, ein Österreicher könnte so kühn sein, tief in den feindlichen Luftraum einzudringen, vielleicht hielt man die deutsche Pfalz für eine englische Bristol. Mit Anstrengung hob er den unverwelklichen Lorbeer aus dem Flugzeug, und als der Sarg in die Tiefe sank, rauschte der Kranz mächtig durch die Lüfte, tötete einen französischen Oberst und verwundete zwei andere Offiziere unbestimmten Grades. Doch dachte sich niemand etwas dabei. Es war Krieg. Der tote Oberst wurde eiligst nachdekoriert.

STUMM VON BORDWEHR

General Stumm von Bordwehr, der bei der bereits in die Gechichte unseres Vaterlandes eingegangenen »Parallelaktion« eine nicht unbedeutende Rolle gespielt hatte, war nach dem glücklich verlorenen sogenannten ersten Weltkrieg fast brotlos geworden; er wandte der ehemaligen Kaiserstadt Wien den Rücken und begab sich nach Graz, um dort seine bescheidene Pension zu verzehren und manchmal, doch nicht zu oft, seine Grabstätte zu besuchen, die er sich vorsorglich auf dem Friedhof von St. Leonhard angeschafft hatte. Da konnte man ihn denn manchmal sitzen sehen, den trotz aller Widerwärtigkeiten noch immer etwas dicklichen Mann, wie er auf der Bank unter dem Apfelbaum sitzend auf den Flecken Erde starrte, unter dem er einst liegen sollte oder wollte. Aber der Mensch denkt, und Gott lenkt, das sagt schon ein altes Sprichwort, und wir möchten nicht unsere Hand so ohne weiteres ins Feuer legen, wie eine ebenso merkwürdige wie bildkräftige Wendung besagt, daß unser General auch in schönem Leichenkondukt nach eben jenem besagten Plätzchen geführt werden wird, wie er sich das immer wünschte.

Dabei gefielen ihm sowohl Stadt als auch Friedhof ausnehmend. Auf dem Friedhof lagen viele Generäle, darunter der unglückselige Feldzeugmeister Benedek, der angeblich die Schlacht bei Königgrätz und damit das Wohlwollen seines kaiserlichen Herrn verloren hatte, ja, sogar vor ein Kriegsgericht gestellt worden war! Stumm von Bordwehr besuchte denn auch gern die Grabstätte dieses merkwürdigen Mannes, der wie kein anderer den Dank des Hauses Habsburg erfahren hatte, der ein treuer Diener seines Herrn gewesen, dann aber doch mit Schimpf und der unvermeidlichen Schande verjagt worden war, ohne daß er sich hätte wehren können. Unser General war also in allerbester Gesellschaft oder würde es doch einst sein.

Er war natürlich nicht der einzige, der sich in das stille

Städtchen an der Mur zurückgezogen hatte, jener Mur, die nur bei Frühlingshochwasser lehmige Fluten durch Graz wälzte, sonst aber glasklar und grünlich schimmernd um die Brücken schäumte. Viele Offiziere und höhere Beamte der Monarchie hatten sich hierher geflüchtet und verzehrten wie Stumm von Bordwehr ihre Pensionen, waren also Pensionisten, und ihnen verdankte die Stadt bald den Namen Pensionopolis, was unserem General sehr mißfiel, fühlte er sich doch noch nicht alt genug, um einen richtigen Pensionisten abgeben zu können, auch wenn er, und das konnte man beim besten Willen nicht leugnen, nicht mehr ganz so vollständig war wie vor dem Krieg.

Wenn wir vorhin von Widerwärtigkeiten gesprochen haben, so leicht untertreibend; in Wirklichkeit war Stumm von Bordwehr vor Verdun halbiert worden, wo er als österreichischer Beobachter eingesetzt gewesen war. Eine Granate hatte ihm einen Fuß, einen Arm, Teile des Kiefers und der Hirnschale weggerissen, von anderen Kleinigkeiten nicht zu reden. Durch die unübertreffliche Kunst erst deutscher, dann österreichischer Chirurgen war er mehrmals notdürftig zusammengeflickt worden; er konnte mit Hilfe von Prothesen und Krücken wieder gehen, konnte auch essen, woran ihm allerdings nicht mehr viel lag. Anno dazumal hatte er wüst ausgesehen, in der Lunge steckten noch einige Splitter, aber einer der Ärzte hatte erklärt, etwas Lebenswichtiges sei nicht verletzt worden.

Ich möcht nur wissen, was überhaupt lebenswichtig ist, sagte er an einem Frühjahrstag des Jahres 1920, und streckte behaglich seine Prothesen aus. Vielleicht könnt man so nach und nach alles ersetzen, Fleisch durch rostfreien Stahl, das Herz durch eine Pumpe, vielleicht auch das Hirn, und der künstliche Mensch wär fertig.

Dies sagte er, wieder einmal auf der Friedhofsbank vor seinem Grab sitzend, zu einem ganz entzückenden jungen

Mädchen neben ihm, das keine achtzehn war, und das sich mit der Unerschrockenheit der Jugend bereits an den halbierten General gewöhnt hatte.

Möchte der Leser wissen, was wir da unter einem entzükkenden Mädchen verstehen — wir können es ihm nicht sagen. Fleisch und Blut, das läßt sich nicht in Buchstaben übersetzen, und der geehrte oder gescherte Leser möge in seinen Erinnerungen zurückgreifen, bis er auf ein Wesen stößt, das allenfalls als entzückend zu bezeichnen wäre. Wir führen ihm also weder ein kleines Persönchen noch eine langgeratene Bohnenstange vor; wir schmücken sie weder mit blonden noch braunen Haarfetzen, sagen nichts von Mund Zähnen Augen etc. pp. Könnte der Leser aber diese Person jetzt vor Augen haben, so recht leibhaftig, er würde mit uns sofort übereinstimmen: sie war ganz entzückend, dieses blonde oder braune Mädchen, und auch der halb tranchierte General fühlte dies wohl in seinem Herzen, in dessen Nähe noch ein Splitter steckte, ohne ihn indes sehr zu beunruhigen.

Der oben und eben angesprochene Leser wird sich daran erinnern, daß selbiger Stumm von Bordwehr einmal im Zuge der Parallelaktion, die dann in den ersten Weltkrieg mündete, in die Hofbibliothek in Wien geriet, in jenes Tollhaus von Büchern, wo an die dreieinhalb Millionen Bände lagerten, die auf ihren Leser warteten, um Besitz von seiner Seele ergreifen zu können, und wie ihm seinerzeit, in längst vergangenen Tagen, in einer anderen historischen Epoche, ein Privatdozent für Bibliothekswesen erklärt hatte: wer sich auf den Inhalt genannter Bücher einlasse, der sei bei dieser Masse schon verloren, und er selber, der Dozent, lese nur mehr Bibliographien von Bibliographien. Der General hatte damals nämlich einen kleinen Überschlag gemacht, daß er etwa zehntausend Jahre für das Durch-und-Durchlesen der Hofbibliothek brauchen würde, selbst wenn es ihm gelingen sollte, jeden Tag ein Buch zu überwältigen. Der Privatdozent hatte damals behauptet, er selber kenne jedes Buch, weil er keines mehr lese und sich nur auf Buchtitel und Inhaltsverzeichnisse beschränke; nur wer nichts kenne, der kenne alles, und dies hatte dem damals noch vollständigen General sehr eingeleuchtet, und er hatte sich's zugeschworen, nie wieder ein Buch in die Hand zu nehmen.

Das gelang ihm in der ersten Zeit, die er in Pensionopolis zubrachte. Die Prothesen paßten noch immer nicht so recht, er hatte Schmerzen, er renkte sich seine Apparaturen aus; aber sehr langsam, mit zusammengebissenen Zähnen, gewöhnte er sich an die ihm übriggebliebene Hälfte und das sie stützende Eisengestänge, er lernte, sich als Krüppel zu bewegen, eine Straßenbahn zu erklimmen, und als er zum erstenmal den Schloßberg erklettert hatte, war er über diese Leistung so stolz wie ein Alpinist, der eine Erstbesteigung in den Dolomiten glücklich hinter sich hat. Eines allerdings störte ihn zuerst beträchtlich: er konnte, etwa durch die Herrengasse spazierend, seinen Hut vor Bekannten nicht ziehen; er hätte sie allzusehr erschreckt. Aber da schließlich jeder wußte, daß nicht nur Teile des Kiefers, sondern auch des Schädeldaches aus Metall waren, akzeptierten natürlich alle sein Verhalten, und auch er gewöhnte sich schließlich daran, mit der rechten Hand zu winken und seine Hutkrempe nur mehr anzutippen, was fast militärisch aussah.

Eines Tages blieb er geistesabwesend vor einer Buchhandlung stehen und sah in der Auslage das allerneueste Buch, ein Quellenwerk über Verdun. Es durchzuckte ihn, von der Hirnschale bis zur Beinprothese, und er betrat den Laden.

So begann er, in höchst mäßigem Rahmen, zu lesen, und vielleicht ist das noch entschuldbar, las er doch zuerst nur ein Werk über den Krieg, wollte er doch wissen, was ihm widerfahren, wie es zu seiner Verwundung gekommen war. Er überzeugte sich, daß der General Falkenhayn, der damals unbedingt Verdun hatte nehmen wollen und dabei so viele Soldaten hingeschlachtet hatte, ein großer Esel gewesen sein müsse, falls dieser Ausdruck überhaupt hinlangt, einen General dieses Kalibers zu kennzeichnen. Stumm von Bordwehr konzentrierte sich also zunächst auf Verdun, er hütete sich, in die Ferne zu schweifen, auch wenn das ihm Nächstliegende keineswegs so gut war, wie das ein großer Dichter einmal behauptet hat. Der Arme wußte nicht, daß er bereits mit dem ersten Buch — verloren war. Es ging ihm nun wie einem Menschen, der eine weite Ebene durchwandert und plötzlich vor sich, mitten im Flachen, einen kleineren Berg entdeckt. Näherkommend muß er feststellen, daß es sich um einen Bücherberg handelt. Aber wie kommt der in die Ebene? wird der Leser fragen. Nun, man könnte darauf erwidern, daß Barbaren, Eroberer und Analphabeten, ihn aus der nahen Hauptstadt, die hinter den Bergen liegt, hierher geschleppt haben, um ihrem Abscheu vor gedrucktem Zeug und damit auch vor den Lesern obgenannten Zeuges Ausdruck zu verleihen, und daß sie ihn, nachdem die Hauptstadt nun einmal genommen war, hier feierlich zu verbrennen gedachten, den Bücherberg nämlich. Unser Wanderer ist nun ganz nahe herangetreten, er zieht ein Buch unten aus dem Berg heraus, und da geschieht es denn auch: der künstlerisch aufgeschichtete Stoß gerät ins Wanken, es kommt sozusagen zu einem Erdrutsch, und der Wanderer wird von Büchern begraben und von einigen schweren Wälzern zermalmt.

Wir haben diesen Wanderer und den ihn begrabenden Bücherberg einigermaßen langatmig geschildert, um zu erklären, was nun mit Stumm von Bordwehr geschah. Wir hätten kurz und trocken allerdings auch sagen können, der General sei wahnsinnig geworden, kein Wunder bei seiner Hirnverletzung, aber dies abkürzende Verfahren wäre uns doch etwas zu roh erschienen. So erklären wir nur, daß der General langsam, aber sicher ins Lesen geriet, und daß er leider allmählich glaubte, er habe etwas, nein viel vom Leben versäumt, weil er bisher standhaft dem Wunsch, irgend etwas anderes zu lesen als Tagesbefehle und Dienstvorschriften, widerstanden hatte, ganz so, als sei Leben und Lesen dasselbe.

Die Bücher aus der Universitätsbibliothek besorgte ihm immer obzitiertes entzückendes Mädchen; er selber wagte sich nicht an die Bibliothek heran und in sie hinein, obwohl er in der Nähe, in der Schubertstraße, wohnte. Nun griff er über Verdun hinaus. Was hatte zum Krieg geführt? Vordergründig der von allen betrauerte Tod des Thronfolgers! Aber warum hatte man Franz Ferdinand erschossen und seine Frau dazu? War der Erzherzog nicht eher ein Freund der Slawen gewesen, wollte er diese nicht bevorzugt behandelt wissen, und sei es auch auf Kosten der Ungarn?

Kaum war eine Frage so halbwegs beantwortet (ganzwegs ließen Fragen sich nicht beantworten, das sah auch Stumm von Bordwehr ein), da tauchte eine neue auf und wurde ihrerseits von der allerneuesten abgelöst. Er las immer begieriger, ohne leider zu bedenken, daß dies in ein endloses Aschgrau führen mußte; eine schleichende Sucht hatte ihn ergriffen, wissen Sie, sagte er zum entzückenden Mädchen, wer die Vergangenheit nicht kennt, ist kein Mensch, ist sozusagen zweidimensional, worauf das entzükkende Mädchen, das nun in seiner Wohnung aus- und einging, mit großen Augen und einem reizenden Köpfchen nickte und, wir müssen hier wieder sagen: leider! den General, der sie scharf beobachtete, in seinem frivolen Tun bestärkte.

Er blieb nämlich nicht bei Militär- und Kriegsgeschichte stehen, trank auch nicht aus mehr oder weniger klaren Quellen, sondern begab sich auf das glatte Parkett der Sekundärliteratur, ließ sich auf Interpretationen ein und las schließlich Interpretationen von Interpretationen. Geschichte befriedigte ihn nicht ganz; sie war keine Wissenschaft (der Arme wußte noch nicht, daß keine Wissenschaft eine Wissenschaft im strengsten Sinn ist, auch nicht Mathematik oder Theologie, wenn es erlaubt ist, diese beiden extrem auseinanderliegenden und damit sich schon wieder berührenden Glaubensfragen nebeneinander zu setzen).

Also begab sich Stumm von Bordwehr auf ein Gebiet, das für halbierte Menschen vielleicht nicht uninteressant war, nämlich auf das weite und heftig umkämpfte Feld der Medizin. Dort fuhrwerkte er, sozusagen im Troß, etwa ein halbes Jahr. Unermüdlich karrte das entzückende Mädchen die Bücher, die er brauchte, in die Schubertstraße und beförderte sie wieder zurück; sie wurde bald allen Bibliotheksbeamten bekannt, die sich über diese merkwürdige Leserin den Kopf zerbrachen; sie aber hütete sich wohl, auch nur eine einzige Zeile zu lesen; sie ließ sich im abkürzenden Verfahren alles Wissenswertes vom General referieren, und das war wenig genug; sie kannte gewisse Stichworte; sie wußte zu replizieren. Und dies ermöglichte ein anregendes Gespräch.

Danach stellte sich, völlig unerwartet, das Problem nach der Herkunft der Indogermanen, ein absurdes, nicht zu lösendes Problem übrigens, aber unser General hatte es in einem Kaffeehaus aufgeschnappt, als er, harmlos Zeitung lesend, auf ein laut geführtes Gespräch am Nebentisch hingestoßen wurde, ohne es zu wollen. Er bat seine junge Freundin, ihm alles zu besorgen, was es an Literatur über die Indogermanen gebe, und bekam prompt einen Stapel

Bücher geliefert, bei deren Anblick ihm aber nicht etwa grauste, sondern die er geradezu mit Jubel aufnahm, so, als werde mit dem Problem der Indogermanen auch das Problem seines eigenen Lebens gelöst. Der geneigte Leser wird schon darauf erkennen, daß bei Stumm von Bordwehr nun jeder Abwehrmechanismus versagte, daß der Ärmste hilflos ausgeliefert war einer entsetzlich weiten und breiten Vergangenheit, einer Sintflut von Gedrucktem.

Von da kam er auf Atlantis, den versunkenen Kontinent, Haken schlagend wie ein Hase, wenn dieses Bild überhaupt einem mit Prothesen bestückten General angemessen ist. Er rutschte, eifrig weiterlesend, von Wissenschaft zu Wissenschaft und kam dabei in reizende Landschaften, die aber bereits am Rande des angeblich Gesicherten liegen: so zur Astrologie Chiromanthie Alchemie und ähnlichen Praktiken. Wissenswert ist alles, sagte er angesichts seiner Reise ins Nebulose zum entzückenden Mädchen, es muß nicht nur wissenschaftlich zugehen, fragt man sich doch angesichts dieser merkwürdigen Praktiken, wie es das Stellen eines Horoskopes ist, weshalb so viele Menschen daran glauben; es ist dies also eine kulturgeschichtliche Frage, vielleicht sogar eine soziale, worauf das entzückende Mädchen zum erstenmal in unserem Bericht in direkter Rede antwortete. Sie sagte nämlich schlicht und einfach: Ich beneide Sie, Herr General!

Stumm von Bordwehr fühlte da, wie sich ihm die Brust weitete, doch winkte er bescheiden ab und sagte: Ars longa, vita brevis, er zitierte sinngemäß richtig, wie der gelehrte Leser wissen wird, wenn auch etwas verdreht. Den Spruch verdankte er einem seiner Generalsfreunde. Und da die Kunst lang, das Leben aber unanständig kurz ist, stürzte er sich mit erneutem Eifer auf die unermeßliche Literatur, beschäftigte sich mit dem Schamanismus, mit Zoologie, fand dann ein Buch, das sämtliche nur denkbare Wissenschaften in ein System brachte, schwankte, ob er nun systematisch lesen solle oder wie bisher durcheinander, so daß es wie Kraut und Rüben in seinem Kopf lag, vergaß die Frage wieder, denn so nach und nach merkte er doch, daß ihm vom Inhalt der gelesenen Bücher nicht viel im Gedächtnis blieb; er wurde noch gieriger, sein Leben verging, und er kam keinen Schritt weiter.

Er hatte es natürlich meist mit Büchern verstorbener Autoren zu tun, also mit Toten, und das reichte schon an schwarze Magie heran, zwang er doch diese Toten, wieder den Mund zu öffnen und um so eifriger auf ihn einzureden, je weniger er von ihrer Sache verstand. Auch ohne in der Bibliothek gewesen zu sein, konnte er sich vorstellen, wie da die Bücher militärisch in den Stellagen standen, Glied an Glied, in einer erschreckenden Ordnung, und leider hatte er vergessen, daß diese Ordnung leicht in ein Bedürfnis nach Totschlag überging. Wäre er klug gewesen, so hätte er von einem amerikanischen System geträumt, das es völlig unmöglich macht, ein Buch jemals wieder aufzufinden — die Amerikaner sind ja im Erfinden derartiger Systeme geradezu großartig. Aber nein! wenn unser General an die Bücherreihen dachte, durchlief ihn ein inneres Beben, ausgelöst von der Furcht, nicht alles alles lesen zu können, und er rief nach dem entzückenden Mädchen.

Belagert von einigen hunderttausend Toten, fiel ihm immer wieder das schreckliche Verdun ein; er beugte sich dann sozusagen über jenes immense Grab, das jede Bibiothek und jedes Schlachtfeld darstellt, jenes Grab, das in kurzer Zeit mit der schönen Literatur mit der Philosophie mit jeder Wissenschaft fertig wird, ein Grab, auf dem kaum Kränze liegen, in dem es aber von Geschichte Geschichten Schicksalen nur so wimmelt. Er fühlte, auch sein Schicksal war irgendwo aufgezeichnet, er wußte nur nicht wo. Und so kam er auf einen Gedanken, auf den sonst kein vernünftiger Mensch gekommen wäre — aber war er noch vernünftig?

Er brachte nun eine gewisse Ordnung in seine Leserei, wenn es auch eine höchst oberflächliche Ordnung war. Eine alte, nie gelöste Rechnung tat sich auf, er mußte das Ende dieser Rechnung erleben.

Unser General aber rechnete folgendermaßen:

Die Universitätsbibliothek war das, was man sehr untertreibend eine mittelgroße Bibliothek nannte, sie umfaßte nicht einige Millionen Bände wie die alte Hof- und Nationalbibliothek, aber immerhin noch so an die dreihunderttausend. Und der nun offenbar wahnsinnig werdende General versuchte nun, jeden Tag mit einem Buch fertigzuwerden, wie er das insgeheim schon lang vorgehabt hatte.

Es gelang ihm zuerst nicht. Er konnte an die hundert Seiten lesen, ja sogar etwas mehr, wenn der Gegenstand ihn interessierte und das Buch flüssig geschrieben war, aber da gab es Wälzer, die hatten an die tausend Seiten und darüber, manche waren außerdem nur zäh zu lesen, und er verzweifelte fast an seiner heroisch-verrückten Aufgabe. Er nahm nun einen Koch — eine Aufräumerin hatte er längst gehabt —, und der bereitete ihm das Essen: ans Ausgehen war nicht mehr zu denken, wenigstens nicht unter der Woche. Zum Essen ließ er sich zuerst etwas Zeit, dann schlang er, was sich als höchst unvorteilhaft für seine Verdauung erwies, zuletzt stopfte ihm der Koch und Diener das Essen in den Mund, während er selber umblätterte. Gleichgültig, ob ein Buch nun dreißig Seiten hatte oder dreitausend, er wurde endlich endlich an einem einzigen Tag damit fertig, und schaffte so im Jahr an die dreihundert Bücher, denn die Sonntage hielt er sich frei, wenn auch nicht mehr die Feiertage. Er lebte in einem katholischen Land, hier gab es viele Feiertage, die durfte er nicht verbummeln. Der Karfreitag existierte für den sonst eher frommen General nicht mehr, wohl aber der Ostersonntag. Das entzückende Mädchen schaffte ihm nun in rasender Eile die Bücher herbei, sehr oft kam sie mit dem Lesestoff für eine Woche oder zwei, und um nicht aufzufallen, setzte sie nun auch Bekannte ein, die die Bücher auszuleihen hatten.

Wie, so fragen wir uns, konnte es mit dem armen General so weit kommen? Wir können hier nur Vermutungen anstellen. Es gibt Menschen, die ein studium generale durchmachen, die sich nicht einfach als Fachidioten abqualifizieren lassen, die sich noch ein Bild von dieser Welt machen wollen. Dann gibt es sozusagen Leute dieses Schlages zum Quadrat; sie wüßten gern alles, was je in Büchern geschrieben wurde; sie werden von größter Unruhe erfaßt, wenn sie auch nur in die Nähe eines Buches kommen, sie wittern es, und wie ein Raubtier möchten sie darüber herfallen. Stumm von Bordwehr aber war der einzige bisher bekannte Mensch, der ernst gemacht hatte mit dem Lesen; es wurde für ihn zu einer ethisch-religiösen Beschäftigung, die Mathematik und Zahlenspielerei trat in den Hintergrund, der Rausch der Worte erfaßte ihn, der Strudel der Sätze, der Strom der Haupt- und Nebensätze, heiliger Eifer durchglühte ihn, mit einem Wort, er war nun wirklich verrückt geworden — sind die Verrückten doch jene, die alles bitter ernst nehmen. Kurz: er wurde langsam zum Märtyrer, ohne es zu wollen.

So, außerordentlich geschwind lesend, konnte er dennoch nicht mit der Bibliothek fertig werden, denn tausend Jahre, die er für die Universitätsbibliothek brauchte, würde er kaum leben, das wäre auch unerhört gewesen. Aber mit der Unerschrockenheit des Soldaten benahm er sich, als würde er ewig leben. Als er erfuhr, daß es am Joanneum, jener vom großen Erzherzog angeregten Stiftung, ebenfalls eine Bibliothek gebe, brachte ihn das nicht etwa zur Vernunft, sondern es bestärkte ihn vielmehr in seinem Unternehmen; er beschloß, taktisch den Umständen durchaus angemessen, die neuaufgetauchte Bibliothek nicht zur Kenntnis zu nehmen, und sich ganz auf »seine« Bibliothek zu konzentrieren — außerdem hätte er da vielleicht ein Buch zweimal lesen müssen, wußte er doch nicht mehr, was er gelesen hatte.

Seinen Verfall Schritt für Schritt zu schildern ist nicht nötig; es sei uns nur gestattet zu sagen: es war ein unaufhaltsamer Verfall. Der General entwickelte plötzlich Züge von Gründlichkeit, die man ihm nie zugetraut hätte. Das ewige Sitzen tat ihm nicht gut, das ewige Lesen genausowenig, und eines Tages mußte er mit Schrecken feststellen, daß er, unter einem leisen Stechen im Augenhintergrund, langsam erblindete. Aber er blieb bei der ihm nun einmal gestellten Aufgabe. Nur sonntags noch tastete er auf den Friedhof, begleitet von seiner Begleiterin, die entzückend war wie eh und je.

Warum hielt sie ihn nicht ab, wenn sie schon sah, wie es mit ihm steil bergab ging? Wir wissen es nicht. Sie brachte ihm die Bücher, er war ihr, und auch dies bleibt ein Rätsel, noch dankbar dafür, sie sah zu, wie sein Augenlicht erlosch, doch kam sie anscheinend nie auf den Gedanken, den General in eine Klinik zu führen, und vermutlich hätte er sich dies auch verbeten. Er hatte nun längst mit allen Bekannten gebrochen, er entließ den Koch und aß nur noch belegte Brote.

Dann kam es so weit, daß die Buchstaben vor seinen Augen verschwammen, daß die Begleiterin ihm vorlesen mußte. Sie wurde mit jedem Buch sehr rasch fertig: sie las ein paar Sätze da, ein paar dort, sie übersprang viele Seiten, sie war schlau genug, sich nicht über das riesige Grab zu beugen, und Stumm von Bordwehr, wir müssen das zu unserem Schrecken feststellen, merkte nicht mehr, wie diese Sätze, aus dem Zusammenhang gerissen, jeden Sinn verloren; er wunderte sich nicht mehr, wenn die Lektüre von einer Stunde auf fünf Minuten zusammenschrumpfte, er akzeptierte alles. So ging das wieder eine Weile dahin.

Wie es kam, daß er wieder vernünftig wurde — wir könnten auch darüber nur Vermutungen anstellen, möchten sie aber lieber nicht aussprechen, es bleiben Vermutungen. In einer lauen Frühlingsnacht jedenfalls, auf dem Balkon — er hatte eben sein tägliches Pensum, mit den schönen Augen des Fräuleins lesend, hinter sich gebracht, da nahm er die schwarzen Brillen ab; die früher lebhaften, jetzt vom Lesen zerfressenen Augen wurden sichtbar, und es entspann sich folgender Dialog:

Wie ist der Himmel heute?

Voller Sterne, antwortete das entzückende Mädchen, Procyon im Kleinen Hund ist gut zu sehen, auch Regulus im Löwen, natürlich auch die Zwillinge und Capella.

Und Wega? fragte er begierig.

Da müßten wir in den Garten.

Er schlug sich vor die Stirn.

Natürlich! sagte er kopfschüttelnd, ich beginne auch schon die Himmelsrichtungen durcheinander zu werfen. Nun, ich könnte Wega ohnedies nicht mehr sehen, wir brauchen also auch nicht in den Garten zu gehen. Es hätte mich nur gefreut, hätten Sie gesagt: Wega ist schön wie eh und je.

Ich bin davon überzeugt: schön wie eh und je! sagte sie.

Ich frage aus einem ganz bestimmten Grund, fing Stumm wieder an.

Sie schwieg.

Tausend Jahre! sagte er da. Ich weiß nicht, welcher Stern so weit von uns entfernt ist.

Tausend Lichtjahre? sagte sie rasch darauf. Der galaktische Haufen 6633 im Schlangenträger.

Er war verblüfft. Wo der Schlangenträger sich befand, er wußte es nicht, und hätte man ihn erschlagen. Aber ihr Wissen war erdrückend.

Als Kind fing ich gern Schlangen, sagte er mit vor Erregung rauher Stimme.

Auf diesen unwissenschaftlichen Einwurf — was hätte sie da sagen sollen?

Er fing sich wieder und sagte:

Tausend Lichtjahre sind die Strahlen von 6633 zu uns unterwegs.

Eine sanfte freundliche Stimme antwortete ihm:

Vielleicht gibt es 6633 nicht mehr. Und Procyon? Um ganz sicherzugehen, müßten wir im einen Fall tausend Jahre, im andern elf warten.

Das ist ja die Hölle! sagte er etwas unbedacht.

Keine Antwort.

Wir sehen da Sterne, sagte er werbend, und sie existieren vielleicht nicht mehr! Tausend Jahre! Vor tausend Jahren, als vielleicht 6633 zugrunde ging, da schrieben die Mönche in ihren Klöstern Manuskripte ab, und damit war das Unheil, das mich getroffen hat, im Entstehen, aber es war doch noch überschaubar. Man sieht diese Mönche, wie sie sich abmühen: der eine fitzelt am Pergament herum, der andere schreibt darauf, ein dritter malt Miniaturen. Und dann wird die Buchdruckerkunst vom Teufel erfunden, Formschneider Schriftgießer Buchdrucker und wie sie alle noch heißen, machen sich daran, die Bibliotheken zu füllen, und Dichter Gelehrte Reisende Fachleute liefern die Texte. Ich habe mich bemüht, Sterne zu sehen, die es vielleicht nicht mehr gibt, und Bücher zu lesen, die es nicht geben dürfte. Welches Jahr haben wir jetzt?

Sie wissen das nicht? fragt eine entzückende Stimme eher streng.

Sie werden entschuldigen, sagte er bekümmert, das Ganze verwirrt mich etwas.

1929, sagte sie, wieder freundlich.

Nun, erwiderte er, lange habe ich es nicht ausgehalten. Nicht einmal ein Jahrzehnt! Was sind da tausend Jahre!

Nicht einmal der hundertste Teil, erwiderte sie.

Ich habe, bekannte Stumm von Bordwehr, ein Luderleben gelebt, viel zu ausgebreitet, viel zu wenig intensiv. Mich quält nur eine Frage: Kann man überhaupt noch intensiv leben, wenn man intensiv leben will? Kann man mit dem Bewußtsein seiner selbst leben, oder lebt man nicht am Leben vorbei? Müßte man nicht sozusagen in Auswahl leben, aber dies kräftig, färbig?

Da das entzückende Mädchen darauf nicht antwortete, sah er wieder in den Sternenhimmel hinein und sah natürlich nichts. Plötzlich sagte er:

Die Bücher müssen weg! Ich werde die Bibliothek anzünden.

Und nach einer Weile:

Sie sagen gar nichts?

Sie gab zu bedenken:

Aber es bleiben dann alle anderen Bibliotheken.

Das macht nichts, sagte er. Einer muß ja den Anfang machen! Denken Sie an Herostrates: er zündet seinerzeit den Tempel der großen Diana zu Ephesus an. Er tat es angeblich, um sich einen Namen zu machen. Ich vermute eher, daß sich im Tempel eine Bibliothek befand. Und die große Bibliothek zu Alexandria? Die hat ein von Büchern zerdrückter Leser angezündet, glauben Sie mir!

Sie sagte darauf nur:

Wann?

Ihr Einverständnis erstaunte ihn nicht weiter.

Sobald wie möglich. Ich würde sagen: morgen.

Und wie?

Sie führen mich morgen nachmittag in die Bibliothek. Ich lasse mich dort einsperren. Sie sind dort gut bekannt. Haben Sie Zugang zum Magazin?

Ja.

Das erleichtert alles. Kennen Sie das Magazin genauer?

Ja, wiederholte sie. Man vertraut mir.

Die sollen sich noch wundern! Der Keller wäre mir am liebsten. Ich fürchte nur, daß die Feuerwehr zu rasch zur Stelle ist.

Fürchten Sie nichts, erwiderte sie, bis die Feuerwehr kommt, kann der Brand schon im dritten Stock angelangt sein. Man müßte das Feuer natürlich an mehreren Stellen legen. Aber was wird dann aus Ihnen?

Um mich machen Sie sich keine Sorgen, sagte er lächelnd. Es ist lieb, daß Sie auch an mich denken. Ich werd mir's schon richten, als alter Soldat.

Am nächsten Nachmittag gelang es beiden in der Tat, durch den Lesesaal ins Magazin vorzudringen. Das entzückende Mädchen verließ den General in einem Winkel des Kellers, wohin kaum jemand kam.

Wie man weiß, brannte die Bibliothek im Jahre 1929 nicht ab. Sie besteht heute noch. Das letzte Wort des Generals hatte gelautet: Mein Schicksal — nein! Ich mag Märtyrer nicht!

Im Jahre 1935 wurde der General aufgefunden. Er lag unter einem Stapel von Büchern, fein säuberlich zum Gerippe abgemagert. Daß man sechs Jahre lang diesen Sektor des Magazins nicht betreten hatte, wird begreiflich, wenn wir sagen, daß damals in Österreich lausige Zeiten herrschten und es allenthalben an Personal mangelte.

Stumm von Bordwehr wurde leicht identifiziert. Sein halbiertes Wesen kam erst jetzt so richtig zur Darstellung. Die Prothesen fanden sich unversehrt. Er bekam sein Begräbnis, allerdings ohne Leichenkondukt. In den Zeitungen standen große Partezettel, sonst wurde jede Nachricht unterdrückt. Und auf der Bank neben dem Grab saß nun des öfteren ein noch immer entzückendes Frauenzimmer.

Und hier dürfen wir uns endlich eine Frage gestatten, auf die wir schlechterdings keine Antwort finden: Wer war diese Person?

Sie hörte eine Stimme, die sagte: Schneide! wollte darüber nachdenken — in diesem Augenblick erschien der Dirigent, das Haus klatschte wie närrisch; auch das Stimmen der Instrumente ging unter. Geschnitten wurde: der Brotlaib, er durfte nicht mit der Oberseite auf den Tisch zu liegen kommen, dies bedeutete Unglück, es mußte sauber geschnitten werden, mit einem scharfen Messer, damit keine Krümel abfielen, und warmes, gerade aus dem Ofen gekommenes Brot war dazu ungeeignet, obwohl es am besten schmeckte, dicke Laibe, und der Maestro, unglaublich feist, gerötetes Gesicht, das aussah, als komme es eben aus dem Backofen, fliegendes Haar, er ruderte geschäftig durch die Reihen des Orchesters, erschien über dem Graben. Und nach dem fälligen Applaus, der hier am allseits beliebten Kapellmeister dargebracht wurde, trat Stille ein, man hörte noch letztes Räuspern ein letztes Rascheln, die Damen in Samt Seide, die Stille war fast unerträglich. Sie hörte zwar noch eine ferne Stimme, nein, nicht so nah wie vorhin, sie sagte: Nein! denn sie selber war winzig, erreichte den Tischrand noch nicht, hatte die Hand nach dem Messer ausgestreckt, aber jetzt, als sie die Stimme hörte, erinnerte sie sich an den Spruch: Messer Gabel Scher' und Licht sind für kleine Kinder nicht, sie konnte ihn auch singen, mit ihrer spröden Stimme, mußte darüber lächeln, denn nun war sie groß. Einmal hatte sie sich mit einer Schere verletzt, einmal sich an einer Kerzenflamme verbrannt, es hatte einige Zeit gedauert, bis sie es lernte, Daumen und Zeigefinger mit Speichel zu benetzen und die Flamme furchtlos auszudrükken. Es war überhaupt unglaublich, was man alles lernen konnte, lernen mußte. Sehen mußte gelernt werden, die Finger gebrauchen empfinden, so hob sie vorsichtig die Hand, der Dirigent hob den Stab ausdrucksvoller, die Ouvertüre begann, es war Silvester, der letzte Tag des

Jahres, und wie immer an diesem Abend wurde »Die Fledermaus« gegeben, wer Karten bekommen konnte, lief in die Oper, es war ein ungeschriebenes Gesetz war Brauch, so wie man zu Weihnachten die Mitternachtsmette besuchte, kalt war es im Dom, dort standen sie eng aneinandergepreßt, hier war es warm, sie fühlte sich behaglich, es war ihr, als sei sie allein, aber unverletzlich in ihrer Behaglichkeit, als habe sie alles hinter sich, den Lernstoff, alles. Denn das zu Erlernende war wie ein Berg war wie die Mauer aus Reisbrei, die das Schlaraffenland schützte. Anziehen schreiben die Notdurft verrichten sich nicht in der Dunkelheit fürchten nähen. Wie viele blieben im Reisbrei stecken, fanden dort ihr süßes ihr feuchtes Grab, wurden vielleicht selber zu Reisbrei? Wenn Fleisch sich in Reisbrei verwandelte, war dies vielleicht das Ende aller Erfahrungen, und vielleicht war es da, als sie hörte: Schneide! Blutiges Rot herrschte vor, doch auch Gold oder Weiß, die Wärme hüllte sie ein, auf den Sparren neben den Rauchfängen Krallen und Tiere, winzig, aber wenn sie die Hände auseinanderfalteten, sich fallen ließen zum Flug, sahen sie scheußlich aus, mit ihren Flügeln war der Teufel bekleidet, oft auch hatte er ihr großes Maul. Als Kind hatte sie geglaubt, Fledermäuse verhingen sich gern im Haar der Frauen, entsetzliche Angst hatte sie immer befallen, wenn sie am Abend manchmal schon in den Nachmittagsstunden ihre schrillen Schreie gehört hatte, ein Zirpen aber auch leises Kreischen oder Knarren, aber hier war nur dröhnendes singendes dann hopsendes Geigen, viele der bekannten Themen wurden durch die Ouvertüre ausgezeichnet zusammengeflickt, eine frivole Geschichte, o je o je wie rührt mich dies (aber war sie gerührt, konnte sie noch einmal gerührt sein, war es erlaubt?), gleich darauf ließ sich zum Pizzicato schmachtend der erste Liebhaber hören, das zirpte, er wollte, ein frecher Bursche, mit der nun mehr oder weniger glücklich verheirateten Frau wieder anbandeln, es folgte ein Schlag des ganzen Orchesters, so fällt ein Haus ein mit Tutti und Gloria, Adele, das Kammermädchen, die Zofe der Koloratursopran, kam mit dem Brief der Schwester. Der Text war nicht zu zitieren, da sind wir doch einer Meinung, was? aber was für eine Meinung haben die Armen, der Text war unglaublich dumm, aber eine herrliche Musik schwemmte jedes Bedenken hinweg, vielleicht lockt sie die Tiere an. Zauberhaft tobte sie durch den Raum, schwirrte, alte Ängste waren da noch am Horizont, sahen über die Berge, Vampire saugten auch Blut, Herzblut angeblich, dann kehrten sie wieder zurück, in Gewölbe in leerstehende Häuser in Kirchtürme wohl auch Höhlen. Sie war von Bergen umstellt, dahinter war die Freiheit, wie sie wohl aussehen mochte was sie wohl wog? Sie findet sich gefesselt, weiß nicht, womit, mit Tönen, die zugleich Linien Striche sind, sie war entschlossen frei zu werden, frei wie ein Vogel, eine Schwalbe, mit Schwalbenzügen sollen oft Fledermäuse mitfliegen, aber wie war dies möglich, wie das Rasche Blitzhafte vereint zu denken mit dem Bösen? Nun ging das bekannte Raunen durch die Reihen, denn die holde Rosalinde die Verführte die Verführerin feierte heute ihr Debüt in der Fledermaus, eine junge Grazerin, ihre Stimme sollte großartig sein, man wußte alles von ihrem Lebenswandel oder glaubte alles zu wissen, da kam sie auch schon wurde lebhaft begrüßt, groß schlank spielte die ängstliche Frau hervorragend, tat als sei sie ängstlich und als sie sang, das ist eine Stimme, nicht dieses heisere Kreischen, nicht wahr, was meinen Sie? ich hab selten so was gehört, das ist ja phänomenal, die volle und doch schlanke Stimme, sehr biegsam, das ist der Beginn einer großen Karriere, und was man sonst alles in zwei Tagen in den Zeitungen lesen würde.

Um zur Oper zu kommen, hatten die Besucher durch den

Schnee waten müssen, Schnee lag auf den Dächern, wärmte wie Rauch die Vampire, ja, es war geräumt worden, aber da es noch immer schneite, mußte der Weg auch immer wieder freigetreten werden, doch sind sie sicher vor den Tieren, heuer war richtiger Winter, nicht wie das letzte Jahr, da war es warm geblieben bis in das Frühjahr, Erscheinungen zeigten sich am Himmel, dann kam der Frost. Hier war man geborgen, sie blickte in den Raum, wandte den Kopf, um sie alle besser sehen zu können. Da war der »Kopfschuß«, so wurde sie genannt, exakt eindringlich, sie hatte versucht, sich das Leben mit Veronal zu nehmen, es mißlang, sie war mit dem Auto in eine Tunnelwand gekracht, sie stieg unverletzt aus dem völlig zertrümmerten Fahrzeug, dann nahm sie die Pistole und schoß, es war ein ungeheures Dröhnen, das aber sehr bald verstummte. Man gab ihr keine Chancen mehr, operierte ihr gleichwohl die Kugel aus dem Kopf, sie lernte wieder gehen wieder verstehen, konnte aber nicht mehr reden. Ja, Herrschaften, so ist das Leben, es währet nicht lang, meint der biblische König, aber manchmal währt es zu lang. Und drüben der »Maschansker«, ein Gesicht wie ein Apfel, aber der Körper der eines Hampelmannes, und so hatten alle Namen, sie selber hatte sie ihnen gegeben, nur wenn sie versuchte sich selbst zu bezeichnen, stieß sie an eine Mauer und es mißlang. Das sah sie, sah es aber wieder nicht, wunderte sich, daß dies möglich sei, oder auch unmöglich, es war eine Frage von Worten, sie bezeichneten nichts mehr. Nun stand der etwas einfältige Eisenstein auf der Bühne, Doktor Falke zog die Fäden: siehe da, die Figuren, die an seinen Fäden hingen, waren harmlos waren jämmerlich von allem Anfang an. Jeder Besucher sang in Kopf, in Brust, in Kehlkopf und Mundhöhle heimlich die Melodien mit, jeder kannte sie, nur sangen die droben sie schöner, vor allem die neue die wunderbare Rosalinde das Kind der Stadt die

Heuchlerin, die ihr Leid klagte, die wie in einer Oper sang: Es gibt ein Wiedersehen, aber die Melodie mündete sofort wieder in das höhnische: O je o je wie rührt mich dies! Ich höre ein Singen, ist das Musik? Nichts rührte sie, und vielen ging es auf: so mußte man die Dinge sehen so die Welt. Und kaum war der Mann verschwunden, da trat auch der zudringliche Liebhaber wieder auf, dringen in die Dinge, singen und klingen, das mußte man, ein Gong sein oder eine Geige vielleicht, aber das erreichten nur wenige, und als der Gefängnisdirektor gegen Ende des ersten Aktes kam, gab sie ihren Ehemaligen sofort als ihren Mann aus! Ja, das waren Zustände, das war das fidele Gefängnis, das schöne große Vogelhaus war in der Nähe, und die Vögel bekamen freies Quartier.

Die Gesichter erhitzten sich, sie dachte dem Befehl dem Verbot nach. Schneide! und Nein! was sollte das heißen? Hieß es etwa: Nein, noch nicht, oder war es vielleicht nicht dieselbe Stimme? vielleicht die des Gegners? Holz schneiden, gefällte Bäume, die Schnittfläche feucht, ein eigentümlicher nicht zu beschreibender Geruch, entrindete Stämme, nackt bloß sehen sie aus, einzelne Teile hatten etwas Menschliches an sich, waren ja noch lebendig. Wenn das Leben sich dann zurückzog, es dauerte noch lang, wenn Starre die Fledermäuse befiel, sie aneinanderrückten, sich in Klumpen übereinanderschoben — wer hätte dafür bürgen können, daß wieder Leben in den stinkenden Haufen kam, wer? Sie saß auf dem Balkon, hatte einen guten Platz, jetzt war Pause, vielleicht traf sie den einen oder anderen Bekannten, Lina fiel ihr ein, armes Kind! Was sie wohl machte?

Aber gibt es denn eine Pause? Ist das auch erlaubt, muß man nicht immer zur Stelle sein, gerüstet, wartend auf die Stimme, sie hörte sie noch, war nicht ungehorsam. So trieb sie durch die Gänge, wie Holz im Fluß, von anderen Stämmen aufgehalten, stiegenauf und -ab, an der Bar trank sie etwas, aber war dies auch gestattet, zu trinken und so zu tun? als sei nichts gewesen, als sei nicht aller Tage Abend? Die Tiere hingen erstarrt im Gebälk, nichts war mehr zu hören, draußen schneite es, Schwatzen Lachen kam wieder näher, da klingelte es.

Wer hatte geklingelt? Die Aufsicht blieb ruhig, aber sie wußte: wenn sie jetzt durch den Raum tappte — was konnte ihr das nützen? Trotzdem erhob sie sich zögernd, als alle wieder zurückströmten in den Raum, sie ging aufs Klosett, die Schwester sah ihr nicht einmal nach. Sie zog die Tür zu, sie war nicht zu versperren. Die Stimme, die ersehnte, sagte: Jetzt! Sie stellte sich auf den Deckel, faßte das Gitter, zog sich etwas hoch. Sie war unglaublich schlank, so zwängte sie sich zwischen die Stäbe, gelangte ins Freie, horchte, nichts rührte sich. Sie faßte ein Fahrrad, es war alles vorbereitet, die Stimme hatte es vorbereitet, schwang sich hinauf, die Pedale schnitten in die Fußsohlen.

Unterdessen aber hatte alles sich bei Orlofsky versammelt, der Prinz fadisierte sich, wenn sich einer bei ihm ennuyierte, dann schmiß er ihn hinaus. Ja, chacun à son goût! Wenn Wärme sie umschmeichelte, so hielt Kälte sie umklammert, sie kam aus dem Spitalsbereich, überall leuchteten die Laternen, Tiere huschten durch die Luft, Rosalinde brachte es gar zu einem Csárdás. Ihr wurde klar, daß sie fast nackt war, aber der Befehl war ausdrücklich erfolgt, sie sah Menschen, nicht viele zwar, aber niemand belästigte sie. Rote Schwaden zogen über den Himmel, Doktor Falke sang sein »Brüderlein und Schwesterlein«, das in geradezu lachhaftes »Duidu« ausartete, und dann kam Spanisches Russisches Böhmisches Ungarisches, das alles mündete in einen Walzer, sie schwankte auf dem Rad, wäre fast gestürzt, es schneite noch immer. In der Altstadt, wieder sah sie kein Mensch, traf sie die Straße traf das

Haus, und die Haustür war zu ihrem Glück offen, der Gefängniswärter Frosch machte seine Witze. Sie lehnte das Rad an die Wand, stieg zwei Treppen hoch, die Sohlen schmerzten, setzte sich auf die oberste Stufe, hörte Lachen in den Wohnungen, aber war Lachen erlaubt in einer so schweren Sache? auch hier wurde die Majestät, der Champagner, anerkannt im ganzen Land, sie fror, wollte sich unter die Fledermäuse drängen, wollte es warm haben, zitterte.

Dann ging alles sehr schnell. Nach unendlichen Zeiten des Frostes kam ihre Hauswirtin, voll guter Laune über die Witze des Gefängniswärters, über die Anspielungen, kam geradewegs aus dem Theater, sah das Fahrrad, zu ihrem Erstaunen war die Haustür offen, vor ihrer Wohnung saß Lina in einem Baby-Doll.

Was tust du hier? Haben sie dich entlassen? Nein, du bist ausgebrochen! Du bist ja erfroren. Komm rasch! Das Mädchen stand auf, voller Vertrauen. Weißt du, ich komm grad aus der »Fledermaus«.

Lina fühlte, wie sie durch dieses Wort verwandelt wurde, schon schleppte sie an ihren Flügeln. Die Wirtin brachte sie ins Bett, flößte ihr heißen Tee ein, wollte das Spital die Polizei anrufen, überlegte es sich, morgen, sagte sie dann, die Arme!

Das war falsch. Als die Polizei am nächsten Tag, am ersten Tag des neuen Jahres, die Tür aufbrach, lag die Wirtin im Bett mit durchgeschnittener Kehle, neben dem Bett, in einem Stuhl, hockte Lina mit angezogenen Beinen, ein scharfes Küchenmesser lag auf dem Boden. Es war ihr nicht deutlich, was geschehen war. Sie hatte dem Befehl nur gehorcht, sonst nichts. Krümel waren dabei nicht abgefallen. Die Fledermaus hatte sich gerächt. Schneide! Roter Champagner floß, trocknete ein, sie wehrte sich nicht, war zufrieden.

HERKULES
UND DER LÖWE

In allerlei Grün, in Zypressen Pinien Sträuchern lag das Museum eingebettet. Es war nicht unansehnlich, wurde aber doch, da es nicht berühmt war, von Ortsansässigen, aber auch Touristen, gern übersehen. Es hatte ein paar sehr schöne Stücke sumerischer babylonischer assyrischer kleinasiatischer Kunst aufzuweisen, besonders die Hethiter waren gut vertreten, aber, wie gesagt, die gedruckten wie die sprechenden Reiseführer aller Sprachen gingen mit ein paar Zeilen mit kargen Worten darüber hinweg, und so herrschte denn auch Ruhe in dem Gebäude, daß man die berühmte Fliege hätte summen hören können — es sei denn, die Wärter hielten gerade ihren Museumsschlaf. Das war dann zu hören.

Kam ein Besucher, so erwachte alles, der Mann an der Kasse gab sich besonders höflich, er schien entzückt zu sein, er machte den Eindringling auf verschiedene Gustostücklein (welchen Ausdruck man sonst gern bei geschlachteten Rindern verwendet) aufmerksam, strahlte über das ganze Gesicht, obwohl er auf kein Trinkgeld rechnen durfte, und dann reichte ein Museumsdiener, der in dem ihm zugewiesenen Saal dem Fremden nicht von den Fersen wich, explizierend und deutend, das seltene Ereignis an den nächsten Diener weiter, nicht ohne vorher von ihm, dem Ereignis, ein gehöriges Trinkgeld erhalten zu haben. Aber leider ereignete sich dies selten, die Einnahmen aus Trinkgeldern waren so knapp, daß die Museumsdiener genügend Zeit hatten, sich mit den ihnen anvertrauten Schätzen zu beschäftigen.

Waren jene glücklicher, die etwas vorzuweisen hatten, assyrische Reliefs etwa, Brustgehänge aus Gold oder die geflügelten Löwen Babylons aus emaillierten Ziegeln? Es war zwar vielfach schöner Schund; nicht alles, das durch sein Alter ehrwürdig war, konnte sich auch als Kunst ausweisen, aber ehrlicherweise machte sich hier niemand

Gedanken über ästhetische Fragen. Waren jene unglücklicher, die in Sälen standen oder saßen, wo höchstens zwei drei Objekte einer bescheidenen Aufmerksamkeit würdig waren? Nein, so ist die Frage zu beantworten, es war ihnen allen gleich langweilig; man hätte ihnen auch die Venus der Medici oder was immer bieten können: ihr Auge war schon so müde geworden so stumpf, daß sie auch dieses Weibsstück nach einiger Zeit, einer Zeit der Aufregung über so viele Nacktheit rundherum, akzeptiert hätten. Aber dies sind höchst müßige Betrachtungen; ein derartiges Objekt wäre, ganz abgesehen davon, daß es bereits in einem anderen Museum stand, nie und nimmer zwischen ihre sumerischen Lehmfigürchen gekommen.

Nun bewachte ein schon etwas älterer Mann einen Saal, der nichts zu bieten hatte außer vielleicht der ungeheuerlich großen, abscheulich schlecht gemeißelten Statue des phrygischen Gottes Bes. Der Gott hatte den Mund geöffnet, streckte die Zunge heraus, ein mächtiger Bart fiel ihm bis auf den Bauch, am merkwürdigsten aber war, daß er mit beiden Händen einen Löwen zerriß, der gut gemeint und als solcher gerade noch zu erkennen war.

Der Wärter hatte diesem Gott nie rechte Aufmerksamkeit gewidmet. Er war von der Direktion wie alle übrigen Diener darüber belehrt worden, was es mit den seiner Wachsamkeit anvertrauten Objekten auf sich hatte, falls sich doch ein Fremder, ein Besucher bis zu ihm verirrte; mehr Gedanken machte er sich nicht. Er sah durch das Fenster auf ein Stück blauen Himmels, sah grüne Zypressen ragen und wartete auf die erlösende Glocke, die das Ende der Dienstzeit ankündete. Der Gott war ihm herzlich gleichgültig dabei.

Das allerdings änderte sich buchstäblich mit einem Schlag, oder mehreren, als er eines Tages in der Nähe der Galata-Brücke, ohne zu wissen wie, in eine Rauferei geriet und dabei niedergedroschen wurde, hilflos zusammengeschlagen von Leuten, die er nicht kannte, denen es aber Spaß zu machen schien, ihn zu Boden zu schlagen wie ein kleines Kind. Weit davon entfernt, ihm zu helfen, entfernten sich die Passanten noch weiter und wollten offenbar mit der Sache nichts zu tun haben, wie das denn in aller Welt so der Fall ist. Der brave Wärter erlitt dabei bedeutende Verletzungen und eine Gehirnerschütterung.

Als er wieder aus dem Spital entlassen worden war und nachdem die Kollegen ihn halb bedauert, halb bewitzelt hatten, wurde die erste Zeit im Museum für ihn zum Schrecknis. Kam ein Besucher, dann maß er ihn ängstlich, ob er Kräfte genug hatte, den Menschen zu überwältigen, niederzutrommeln, aber im Museum geschah nichts dergleichen; die Fliege summte metaphorisch nach wie vor im Raum, man konnte sie hören.

Da geschah es eines Tages, daß das Licht günstig auf den Gott fiel, der unermüdlich den Löwen zerriß und damit nie zu Ende kam, und sein Grinsen traf nun den Wärter ins Herz, doch war es offenbar nicht höhnisch gemeint, sondern eher wohlwollend. Folge mir nach! schien das Lächeln bedeuten zu wollen. Aber wie sollte der kleinwüchsige schwächliche Wärter dem Löwen zerreißenden Gott folgen? Es wurde dem Armen klar, daß er den riesigen Phryger begreifen müsse, aber wie nur?

Er triumphierte zum erstenmal, als er vom Direktor des Museums gesprächsweise erfuhr, daß jener Kraftlackel eigentlich aus Ägypten kam, ein kleiner Gott war, das heißt klein gewachsen, ein Freund der Menschen, und immer lustig. Die Bes-Statue sei ein sozusagen ins Riesige projizierter Ägypter, und wenn dies auch der Wärter nicht ganz verstand, so wurde ihm doch klar, daß seine kleine Figur kein Hindernis war, die Nachfolge des Gottes anzutreten.

Über diesen Gedanken wurde er fast tiefsinnig, wie man

dies früher so trefflich ausgedrückt hat, das heißt, er versank so tief in Gedanken, daß er schwer daraus aufzuscheuchen war und man ihn für melancholisch hielt. Das aber war er keineswegs: ein mächtiger Wille trieb die Gedanken hin her wie ein Hund eine Schafherde, ohne daß er selber davon viel erfuhr. Wieder aufgetaucht, hatte er einen gewaltigen Vorsatz gefaßt und begann unverzüglich mit seinen Vorbereitungen.

Zuerst ließ er sich einen Bart wachsen; er mußte darum um Erlaubnis einkommen, aber der Direktor, der ihn als verläßlich schätzte und dem Armen einen Gefallen tun wollte, erteilte ihm diese Bartwuchserlaubnis, ohne daß damit, wie er gleich sagte, ein Präzedenzfall geschaffen werden dürfe. Trotz dieser Bewilligung ließ sich der Bart nicht ohne weiteres erzielen; er sproß dürftig, er wollte sich partout nicht zu jenem mächtigen Vollbart erweitern, den sein verehrtes Vorbild trug. Erst als er ein altes Hausrezept anwandte, ging es besser, zum mindesten bildete er sich das ein. Erreichte sein Bart auch nicht den Nabel, so doch wenigstens den Kragen.

Die schreckliche Stärke des Gottes war wohl auch zu erreichen, wenn einer nur gehörig übte. Der Wärter trat also einem Body-Building-Club bei, und nach einem halben Jahr unablässigen Schweißvergießens hätte ihn keiner mehr erkannt, der ihn früher gekannt hatte. Er wurde noch breiter, seine Muskeln schwollen, das Fett schwand. Freilich war er sehr bemüht; die früher so langweiligen Stunden vergingen wie im Flug; er versteckte Apparate in Sarkophagen oder hinter Statuen; er achtete darauf, daß niemand, auch nicht seine Kollegen, etwas erfuhren von seinem Drang zu Höherem, zur alles überwindenden Kraft. Diese Apparate schmuggelte er ins Museum und wieder nach Hause, und es gelang ihm so gut, daß kein Mensch ahnte, was sich da unter dem dürftigen Anzug versteckte, wenn man auch verwundert war, denn etwas in seinem Habitus hatte sich geändert — nur was?

Das Grinsen des Gottes, die lang herausfallende Zunge — nun, er ahmte es nach, so gut es ging. Es ging nicht sehr gut, das erkannte er nur zu genau, er konnte nicht mit einer besonders langen Zunge aufwarten, doch übte er daheim unablässig vor dem Spiegel. Und am Tag, während des Dienstes, munterte ihn der Anblick des Gottes immer wieder auf, ja, einmal zwinkerte Bes ihm sogar deutlich zu. Freudiger Schreck rann durch die Muskeln des Wärters, und er beschloß zu erproben, wie weit er denn gekommen war.

Wie aber sollte er dies anfangen? Es widerstrebte ihm, einfach einen wehrlosen Passanten zu überfallen, sein Gewissen redete ihm zu eindringlich ins Gewissen. Er wollte sich auch nicht an Katzen versuchen — zwar war er kein Tierfreund, aber eine Katze war doch zu minder für seine Kräfte. Er zerriß erst Papierstöße, dann Telephonbücher, dann Stricke, die immer dicker wurden. Aber all dies genügte ihm nicht.

Er hatte Glück. Er kam wieder einmal zu einer Rauferei zurecht, in die er nicht verwickelt war, deren Opfer er auch nicht wurde, die er aber doch so schlichtete, daß elf Verletzte auf dem Kampfplatz blieben. Bes sei Dank, niemand hatte ihn erkannt, wie er, die Zunge über den schütteren Bart gehängt, klein und gewaltig in das Geschehen eingriff. Nun war es so weit, nach dieser Probe tat er den letzten entscheidenden Schritt: die Zerreißung des Löwen; erst dann, das fühlte er, war er Bes selber geworden.

Es gab in der Stadt einen hübschen zoologischen Garten, der sich mit anderen in der Welt zwar nicht messen, der aber doch ein paar faule, hinter Gittern gähnende Löwen aufweisen konnte. In der kärglich bemessenen Freizeit ging unser Mann in Istanbul nun immer in den Zoo. Nichts interessierte ihn dort, weder die Nashornvögel noch ein einsames Gnu; er beschränkte sich auf die Löwen, und hatte denn auch bald den ihm zusagenden herausgefunden. Es war ein mächtiges Tier, nur stinkfaul wie die anderen, die Augen im herrlichen Kopf blinzelten träge in die Sonne, es schien durch nichts zu erschüttern zu sein. Unser Mann war sich unschlüssig, obgleich er sich schon ganz in die göttliche Rolle gefunden hatte. Wie sollte er ins Gehege gelangen, ein Mittelding zwischen einer Freiluftarena und einem Käfig? Und wie sollte er den König der Tiere zerreißen: von unten nach oben oder von oben nach unten? Denn gerade in diesem Punkt gab die Statue keine Auskunft — der Löwenkopf war abgeschlagen, Schwanz war keiner zu sehen. Er entschloß sich nach gewissenhaftem Zögern, den Löwen an den Hinterpranken zu packen und ihn so, vom Schwanz her, zu zerreißen.

Dem Löwen mußte der sich vergöttlichende Wärter auch aufgefallen sein, denn nun gähnte er bei dessen Besuch mehrmals und zeigte dabei ein schreckliches Gebiß. Der Wärter beschloß also vorsichtshalber, das Tier zuerst zu erwürgen und dann zu zerreißen, wie es vermutlich der phrygische Herkules auch gemacht hatte.

Hier ist nicht mehr viel zu erzählen. Wie der Museumsdiener ins Gehege gekommen war, dem Löwen ins Gehege, wußte später niemand mehr zu sagen. Das Tier packte ihn ohne viel Umstände, ohne auf das sorgfältige Body-Building Rücksicht zu nehmen, und zerriß ihn. Der Museumswärter konnte nicht einmal laut schreien, war er doch bemüht, die Zunge in einer für einen lauten Schrei höchst unpassenden Stellung so weit wie möglich aus dem Mund zu schieben. So sehr er dabei auch grinste — der Löwe begriff offensichtlich nicht, wer er war.

Man befreite das, was von dem Unseligen übriggeblieben war, nicht ohne einige Schwierigkeit, setzte es, so gut es gehen wollte, wieder zusammen, und trug die Fetzen zu Grabe. Nicht einer wußte, wen man da begrub, am allerwenigsten eine ältliche Frau, die sich nun die Haare raufte. Seinen Platz im Museum nahm bald ein anderer ein, der das lebensgefährliche Streben nach Höherem, nach Menschwerdung und Vergöttlichung nicht kannte. Der phrygische Herkules aber zerriß weiterhin in einer über jedes Menschenleben hinausgehenden Anstrengung den steinernen Löwen, die Zunge fiel über den Bart, der Bart über den Nabel, doch war das Grinsen des Gottes nicht mehr deutbar: es war archaisch-breitgezogen, wenn nicht gar nichtssagend.

DIE STIMME DES MUEZZIN

Abdul Hamid war eine bedeutende Erscheinung (wenn man Fettleibigkeit mit Bedeutung gleichsetzen darf), Muezzin in einem kleinen nubischen Dorf, das eine einzige Moschee besaß, und da sein Amt ihn nicht nähren konnte, Bauer dazu. Aber welch ein Bauer! Seine Felder gaben, nicht ohne den Neid der Nachbarn, die schönste Frucht, Gottes Segen lag so sichtlich auf ihnen, daß sie sich deutlich von den Äckern der anderen Bauern abhoben. Er war höchst geachtet, denn er war ein frommer Mann, der himmlisches Gut noch höher achtete als irdisches, und Achtung schließt ja Neid nicht aus. Fünfmal des Tages kletterte er schnaufend auf das Minarett, um nach allen Richtungen hin die Gläubigen aufzufordern, mit dem Gebet zu beginnen, und wenn die Hirsebauern ihn hörten, beugten sie willig die Knie, berührten mit der Stirn den Boden und riefen Gott an.

Er selbst war, wie alle, einmal jung gewesen, nun aber begann ihm das Fett bedrohlich zuzusetzen. Mit den Jahren schien ihm, als wüchse das Minarett, das Türmchen wurde immer höher, die ausgetretenen Stufen waren immer schwieriger zu erklimmen, immer öfter mußte er anhalten. Dann sah er hinauf, wünschte, er wäre schon oben, und kletterte keuchend weiter. Oben angelangt, lachte ihm freilich das Herz, soweit ein Herz eben lacht. Unten breiteten sich rund um das Dorf die Felder aus, und wenn er auf sein eigenes Land sah, dann konnte er nicht verkennen, daß er Gottes leibhaftiger Liebling war. Mächtig klopfte es ihm in Brust Hals, zumindest soweit es das Fett erlaubte, worin sein Herz eingebettet lag, ja, manchmal füllten sogar Tränen die Augen unseres Mannes.

Völlig überraschend kam für ihn der Erlaß der Regierung, die in Übereinstimmung mit den höchsten geistlichen Würdenträgern beschlossen hatte, ihren geplagten Muezzins das Leben zu erleichtern und auf den Minaretten

Lautsprecher anbringen zu lassen. Er las das Schreiben immer wieder, verstand es aber nicht. Auch die rasch einberufene Gemeindeversammlung konnte damit nichts anfangen, bis eines Tages drei Männer aus der Hauptstadt mit Kabeln Mikrophonen Lautsprechern angereist kamen und versuchten, den Bauern den Vor- oder Hergang plausibel zu machen. Sie montierten die Lautsprecher, zogen die Kabel, installierten die Mikrophone, und alsbald forderte eine Stimme von oben her, vom Minarett, die Gläubigen auf, zu beten und nicht länger zu zweifeln, aber keine Menschenseele war oben zu erblicken!

Die Gemeinde war verblüfft. Die Techniker erklärten freundlich, wie das alles zuginge, aber niemand verstand sie. Sie forderten den Muezzin auf, ins Mikrophon aus bestimmter Entfernung, nicht zu nahe, nicht zu weit, zu rufen, und höre da, seine Stimme tönte von oben, etwas verfremdet zwar, aber doch gut erkennbar, und die Gemeinde fiel wieder, ganz zur Unzeit, auf die Knie. Die Männer aus der Stadt lachten und empfahlen, die Geräte sorgsam zu behandeln, gaben Anweisungen dafür und verschwanden bald wieder.

Es wäre gelogen, sagte man, die Gemeinde, vor allem aber der Muezzin — sie hätten sich sofort an die Neuerung gewöhnt. In den ersten Tagen stieg Abdul Hamid wie gewohnt die Stufen hinauf, er rührte das Gerät nicht an. Oben erscholl dann seine volle blühende Stimme, über die er sich mindestens ebenso freute wie über seine Felder.

Einmal aber — er war schon wie zerschlagen aufgestanden — griff er, noch im Halbschlaf unten, nach dem Mikrophon, schaltete es ein, räusperte sich, und zu seinem Schrecken meinte er das Räuspern über die Gegend fliegen zu hören. Dann begann er mit Gottes Lob. Die Bauern rüsteten zum Gebet. Nachher versuchte er, mit versteckten Fragen herauszufinden, ob jemand gemerkt habe, auf welche Weise er diesmal gerufen, künstlich sozusagen. Niemand hatte etwas bemerkt. So faßte er Mut, stieg fortan nicht mehr auf den Turm, blieb auf planer Erde, die Apparate besorgten für ihn alles weitere.

Manchmal tat es ihm natürlich leid, daß er seine Felder nicht mehr von oben sehen konnte. Die Hirse schoß empor; er freute sich daran, aber gern hätte er das ganze Feld, ja alle seine Felder mit einem Blick übersehen. Manchmal kam ihm das Minarett lächerlich niedrig vor, aber dann sagte ihm sofort langjährige Erfahrung, daß Türme von unten her immer niedriger aussehen als von oben. Einmal, ein einziges Mal freilich, machte er den Versuch, das Minarett zu besteigen. Dieser Versuch schlug fehl und wäre fast übel ausgegangen. Nicht nur, daß er das Stufensteigen fast verlernt hatte — er blieb auch, da er wieder nicht nur Erfahrungen, sondern auch Fett gespeichert hatte, fast stecken und mußte sich, rückwärts tappend, unter dem Huschen von Mäusen, wieder auf die freundliche Erde begeben, die ihn willig trug.

So ging das einige Zeit, zur Zufriedenheit des ganzen Dorfes, dahin (obgleich niemand die Kabel-Zusammenhänge begriff), bis ein an der Azhra-Universität zu Kairo studierender junger Mann, Sohn des hiesigen Bürgermeisters, nach Hause auf Urlaub kam. Neben vielen anderen Neuerungen brachte er auch ein Magnetophon mit, versuchte es zu erklären, wenn auch wiederum vergeblich, und machte damit seine Späße: er sprach zuerst selbst ins Mikrophon, drückte auf Tasten, und das Magnetophon sprach gehorsam den Blödsinn nach, den er dem Gerät eingegeben hatte. Dann bat er die Dorfbewohner vor das Mikrophon, die zuerst partout nicht wollten und sich gegen das Unbegreifliche wehrten, aber schließlich kam ihm die Erleuchtung: er erinnerte sich, daß seinem Vater vor Jahren ein Papagei aus dem Süden zugegangen und freilich, nach Jahren und von allen betrauert, eingegangen war. Er hatte kurze Sätze wiederholen können, wenn auch nicht auf Knopfdruck; allerdings hatte er sich dabei recht störrisch gezeigt. Als der Student an den Verschiedenen erinnerte, da wurde dem Dorf klar, daß es sich hier um eine Art von großem Papagei handelte, auch wenn das Gerät ohne den gefürchteten Schnabel und ohne die bunten Federn war, sondern sich grau in grau präsentierte. Zum Entzücken aller wiederholte das graue Tier eine kurze Ansprache, die der Bürgermeister hielt, und bald drängte sich alles um den Apparat, jeder wollte ins Mikrophon reden, und der viereckig-plumpe Papagei gab alles treulich wieder, besser als ein wirklicher Papagei dies je getan hätte.

Der Student, zufrieden mit seinem Erfolg, bat auch den Muezzin vor das Mikrophon, und dieser sang, ganz zur Unzeit, Gottes Lob auf Band. Der junge Mann, der längst an ein besseres Magnetophon mit High Fidelity, Halleffekten und ähnlichen Vorzügen gedacht hatte, beschloß, das alte Stück, das fast ausgedient hatte, im Dorf zu lassen. Bevor er wieder nach Norden fuhr, schloß er es an die schon vorhandenen technischen Einrichtungen im Minarett an, belehrte den Muezzin, daß er nur mehr auf eine Taste zu drücken brauche, der Lobgesang sei ein für allemal überflüssig, weil jederzeit »abrufbar«, wie er das nannte.

Der Muezzin drückte nun fünfmal des Tages auf den Knopf, hoch oben auf dem Turm erklang seine Stimme. Er hatte genug auf Band gespeichert, um nicht immer zurückspulen zu müssen. Er wurde träger und fetter, das Los, das ihm nun zugefallen war, schien ihm nicht übel zu gefallen. Es läßt sich denken, wie groß sein Schrecken war, als er kleine Abweichungen im Gotteslob festzustellen glaubte, und das ausgerechnet an einem Freitag!

Diese Abweichungen waren zuerst nicht bedeutend, es kamen Partikelchen in die Aufforderungen des Muezzins, die niemand merkte, aber dann kam es zu Wortverdrehungen, und der geplagte Mensch beschloß, diesem Spuk ein Ende zu machen. Aber wie? Lag es am Papagei? Und wer hatte dem Metallvogel diesen Unsinn eingegeben? Er kletterte also unter unendlichen Mühen und Gefahren den Turm hoch, um die orthodoxe Lesart wieder durchzusetzen. Seine Verblüffung war ungeheuer, als er plötzlich oben seine Stimme hörte — und er hatte doch kaum die Wegstrecke zur Hälfte zurückgelegt. Er verfluchte den unbekannten Bengel, der sich da unten am Apparat zu schaffen machte; er verdächtigte in der Eile alle Kinder und Burschen des Dorfes, und da er nicht so ohne weiteres rückwärts konnte, schrie er seine Stimme an, flehte sie an, setzte seinen Text gegen ihren Text, aber dies war ein hoffnungsloses Beginnen: wie sollte er, in der Turmröhre steckend, gegen seinen Doppelgänger ankommen, der, und er wollte seinen Ohren nicht trauen, Blasphemisches frei in die Lüfte hinausposaunte?

Als er unten wieder anlangte, erwartete ihn finster das ganze Dorf. Denn diesmal hatte es die Stimme auf dem Turm zu weit getrieben, sie hatte sich nicht damit begnügt, Gottes Lob zart zu verstümmeln, nein, sie war so weit gegangen, den einen wahren Gott zu leugnen, sie hatte die Dorfbewohner gefragt, wie sie denn so hirnverbrannt sein könnten, an etwas zu glauben, das man noch nie gesehen, von dem man nie Gutes empfangen, und ähnliches mehr.

Der verschreckte Muezzin las in den Augen aller, was nun mit ihm geschehen würde: wahrscheinlich würde das Dorf ihn steinigen. Die Tränen liefen ihm über die feisten Wangen, es hatte ihm die Stimme verschlagen, nicht etwa, weil er den Tod so fürchtete, sondern weil seine Stimme oben ihm das angetan hatte.

Du weißt, sagte der Dorfobere, was dich nun erwartet?

Der Muezzin nickte, sagte aber doch:

Hört mich an, Brüder! Nicht ich bin es ja, es ist der Teufel, der uns hier narrt und peinigt!

Er schloß den Mund, und zu seinem großen Glück begann eben seine Stimme zu schreien und zu lachen; es war gottserbärmlich anzuhören. Sie schrie die Dorfbewohner an, es sei da kein Gott, das sollten sie sich ein für allemal aus den Schädeln schlagen, und Mohammed sei nicht sein Prophet, auch Moses und Christus nicht, und sie höhnte und fragte, wie sie denn an dererlei Märchen glauben könnten und gab auch gleich die Antwort, daß sie alle Schafs- und Strohköpfe seien, wobei sie die hier behelfsweise ins Deutsche übertragenen Ausdrücke im Arabischen so deftig vortrug, daß alles auseinanderstob und die Steinigung unterblieb.

Nun waren alle der Meinung, nicht der Muezzin habe gerufen, nicht er sei wahnsinnig geworden, sondern der Teufel habe sich im Turm eingenistet. Sie versammelten sich im größten Haus des Dorfes, trösteten den noch immer Schluchzenden, und berieten hin und her, aber guter Rat war auch diesmal teuer. Es war ihnen klar, daß alles mit einem Regierungserlaß begonnen hatte, und ihre schlechte Meinung von derartigen Erlässen wurde wieder einmal bestätigt. Und was nun der Muezzin berichtete, von den kleinen Abweichungen zuerst, von den höhnischen Worten dann, das ließ sie klarsehen: das Magnetophon mußte weg! Der Teufel hatte die Gestalt eines ihren lieben fleißigen Burschen angenommen, der, wie man mit Stolz hörte, seine Prüfungen vorzüglich bestanden hatte und noch bestand, der den Koran auswendig und zu deuten wußte, aber listig ist der Teufel, listiger als wir alle, Brüder, denn er ist uralt, er kennt sich besser aus als wir alle.

Das Magnetophon wurde sozusagen aus seinen Ankern gerissen, es kam weg, aber die Stimme blieb. Der Apparat wurde, nicht ohne Mühe, auf einem Stein zerschmettert, die

Stimme schrie nach wie vor fünfmal des Tages. Selbst wenn sie alle annähmen, so schrie sie etwa, es sei da ein Gott, und Er habe die Welt erschaffen, weshalb habe Er dann sein Angesicht abgewandt, weshalb sei sie in seinen Augen nicht mehr wert als ein Mückenflügel? Sie sollten sich doch einmal bei den Theologen der Al-Azhra-Universität erkundigen, denen seien all diese Zweifel schon gekommen, aber sie, die Dorfbewohner, seien eben saudumm, und dieses Wort war ja nun besonders arg, ist das Schwein doch das niedrigste Tier. Hätte man sie wenigstens mit Eseln verglichen! Wieder trat die Dorfversammlung zusammen. Der Muezzin flüsterte die Aufforderung zum Gebet, nicht genau zur vorgeschriebenen Stunde, denn diese Zeit hatte bereits seine Stimme okkuppiert, und alle baten sie um Gottes Erleuchtung. Aber Gott erleuchtete sie nicht, ja, er schien sogar einen gewissen bescheidenen Spaß zu finden an der Verwirrung seiner Gläubigen.

Die Stimme trieb es nun, da sich Ratlosigkeit breitgemacht hatte, mit der Zeit immer ärger. Sie zweifelte Himmel und Hölle an, was besonders merkwürdig war, denn wo blieb der Teufel ohne seine Hölle? Sie schrie, sie sollten sich alle die Huriya aus dem Kopf schlagen, nicht eine einzige Huri sei dem Gläubigen bestimmt, und sie würden alle auf dem Friedhof verfaulen, langsam zwar, aber doch sicher. Die Bauern schlichen um die Moschee herum wie geprügelte Hunde.

Nach und nach veränderte sich auch ihre Einstellung zur Stimme. Nachdem der Muezzin sie nach wie vor im größten Haus des Ortes leise zum Gebet aufforderte, konnten sie sich ungestraft, wie sie glaubten, der Meinung hingeben, sie seien gute Muslimanen, die den Islam, den rechten Weg, den orthodoxen Pfad ins Paradies kannten, wo Bäche flossen und die Huriya auf Brust und Stirn zwei Namen trugen: den Namen Gottes und den ihres Gatten. Und das

Geschimpfe oben ging ihnen ordentlich ab, wenn die Stimme sich einmal besann und in einschläferndem Ton Gott und den Propheten gelten ließ.

In welchem Verhältnis nun die Stimme oben zur Stimme im Kehlkopf ihres Muezzins stand, davon machten sie sich keinen Begriff. War es ein finsterer Doppelgänger, der aus dieser abgespaltenen Stimme sprach? War es der Teufel? Er machte ihnen jedenfalls Spaß, und sie gaben sich sehr fromm, um den da oben zu reizen. In der Hoffnung, etwas über ihn zu erfahren, verfielen sie auf ein Mittel.

Sie hatten mit dem Magnetophon auch das Mikrophon entfernt, der Bürgermeister bewachte es, als sei es eine Handgranate. Gedrängt von den Frömmsten machten sich die kecksten Burschen daran, auch die Lautsprecher abzumontieren. Als dies geschehen war, warteten alle gespannt, was nun folgen werde. Die Stimme schien jedoch auch in den Lautsprechern nicht beheimatet zu sein, sie spottete all ihrer Anstrengungen und lachte über die lahmen Bemühungen, sie vertreiben zu wollen. Sie erklärte kategorisch, daß das Dorf sie nun einmal habe und sie jetzt nicht mehr los werde.

Aber die Stimme des Muezzins, wenn man sie als solche bezeichnen darf, hatte sich zu sicher gefühlt. Ein Erdbeben zerstörte das Minarett und Teile der Moschee. Häuser und Bewohner kamen nicht zu Schaden. Doch konnte man über den Trümmern oder darunter — so genau war das nicht auszumachen — noch einige Zeit ein zerquetschtes Schreien vernehmen, das immer schwächer wurde, ein Schreien erst, dann ein Murmeln, das verzweifelt versuchte, einen Standpunkt aufrechtzuerhalten, der nicht mehr zu halten war.

Das war nun Gottes Gericht, und trotzdem tat sie ihnen leid, die Stimme. Sie alle hatten sich längst vom Schock erholt, den das Erdbeben produziert hatte, denn Erdbeben produzierten sich gern in dieser Gegend, aber die Stimme schien das nicht gewußt zu haben, sie war anscheinend im Schlaf vom Beben überrascht worden. Einmal noch schrie sie herzzerreißend des Nachts, aber es war nicht mehr zu verstehen, was sie schrie. Sollte es vielleicht gar ein Lob Gottes gewesen sein? Dann wurde sie still und es wurde still um sie. Nur die authentische Stimme des Muezzin tönte wieder auf dem Platz, von dem sie die Trümmer entfernt hatten, tönte ohne Abweichungen ohne Gotteslästerungen, und fast alle bedauerten dies sehr. Was war denn auch dieses mühselige Leben, genau betrachtet, ohne den Teufel, der in die Stimme des Muezzins gefahren war und versucht hatte, armen Analphabeten auf die Sprünge zu helfen! Ja, jetzt erst fühlten sie sich verarmt.

DAS MÄRCHEN DER 1002. NACHT

Als König Schehrijar und sein jüngerer Bruder, der König von Samarkand, von ihren Frauen betrogen wurden, zogen beide aus ihren Ländern und flüchteten vor den Weibern, die schwarzen Sklaven hörig waren. Aber das ist längst erzählt. Die Sklaven hatten wulstige Lippen und Gesichter von der Farbe eines rußigen Topfdeckels, aber eben deshalb liebten die Königinnen sie, denn die Natur des Weibes ist verderbt von Grund aus. Das wußtest du nicht, mein armer Freund? Dann geh nach Hause und sieh dir dein Weib an, und du wirst merken, wie sie sich Finger und Lippen leckt nach dem Unerhörten, ja Abscheulichen! Wenn Weiber in der Schwangerschaft den Kalk von den Wänden kratzen oder die absonderlichsten Gelüste bekommen, so ist dies nicht der Schwangerschaft allein zuzuschreiben — nein, jetzt kommt ihre Natur so recht heraus, und die liegt im Bauch. Aber ich will weitererzählen, will euch berichten, was nach 1001 Nächten geschah, und bin noch nicht bei der ersten. Eine kleine Gabe, Fremder! Was, so wenig willst du geben, Geizhals? Bist du ein abgerissener Bettler? Das Sprichwort sagt wahr: Es war einmal ein Hund, der zeugte einen Hund, und der war noch ärger als sein Vater. Lacht nicht!

Wo war ich stehengeblieben? Ah ja! Die Flüchtenden kamen also ans Meer, der König und sein Bruder, der auch ein König war. Um zu rasten, setzten sie sich unter einen Baum. Es war Mittag, die Sonne brannte, der Schatten kühlte. Und sie sprachen von ihren Weibern und von ihrem Unglück.

Soll ich weitererzählen? Dann gebt einem verhungernden Dichter etwas Geld, ihr Herren! Das Mädchen wird absammeln. Kommt viel zusammen, dann gehe ich ins Große — sonst erzähle ich euch, wie König Schehrijar im Auto in die neue Zeit, in unsere große Zeit hineinfuhr, wie ihm das Auto gestohlen wurde und wie er jammerte —

zuletzt aber war er bewegungsunfähig und die Geschichte ist aus.

Laß sehen, Laila! Zwei, vier, sieben, elf! Was, weiter hat sich euer Herz, hat sich euer Beutel nicht geöffnet? Ach, was sind das für Zeiten, armselige! Aber ich will euch beschämen, will eure frostigen Gaben nicht beachten: so erzähle ich denn, wie es gewesen ist oder zumindest gewesen sein könnte. Gib mir die Flasche, du, der du an ihr nuckelst und zuzelst — ich beobachte dich seit längerer Zeit. Wie, du willst nicht? Dann sage ich es dir auf den Kopf zu: du hast Alkohol in deiner Buteilje; nach Coca Cola siehst du mir nicht aus.

Wo war ich stehengeblieben? Ah ja: die Könige saßen also im Schatten des Baumes. Ihr lenkt mich fortwährend ab, wie soll da ein Mensch noch erzählen können? Die Wirklichkeit drängt sich in meine Geschichte mit kaputten Autos und Coca Cola. Sie ist albern, die Wirklichkeit; jeden Tag serviert sie uns das neue ewig gleiche, ewig fade Gericht; nur mit Geschichten wie dieser können wir uns gegen sie verteidigen. Werdet nicht ungeduldig: ich bin nicht nur ein Erzähler, sondern auch ein Philosoph, das sagte schon mein Großvater, und Philosophen schweifen gern ab.

Da saßen also die Könige — aber das habe ich schon gesagt. Und siehe, es öffnete sich das Meer und ein Dämon stieg daraus hervor, scheußlich anzusehen, und er kam an Land und ging auf den Baum zu, unter dem die Könige saßen. Was sagt ihr nun? Ein Dämon, ein riesiger Dämon! Der ist gut und gern seine tausend Dirhem wert! Auf dem Kopf aber trug er einen Kasten, der war aus edlen Hölzern gemacht und hatte kunstvolle Intarsien — ich hoffe, ich verwechsle nicht ein Fremdwort mit einem anderen.

He, du da, Kleiner, dort in der zweiten Reihe, was verfärbst du dich so? Ja, der Dämon hatte Lippen wie Räder und eine Nase, die war wie ein Schweinsrüssel, und dazu

Ohren wie die Ohren eines Elefanten, und am schrecklichsten war sein Maul: groß wie ein Scheunentor — aber wer sagt dir, daß es Dämonen so ohne weiteres gibt oder daß gar einer hier auftauchen könnte? Bei mir bist du sicher! Bitte deinen Vater, an den du dich klammerst, er möge nur eine kleine, eine winzige Münze auf den Teller werfen, oder meinem Mädchen geben. Schäme dich vor Laila! Siehe, sie hört jeden Tag von Dämonen und verbogenen Stoßstangen und Betrunkenen, und dennoch fürchtet sie sich nicht. Allerdings: Gewöhnung ist das halbe Leben! Der Höllenfürst Malik freilich, der ist wirklich, und Iblis und der Schaitan, aber dir können sie noch nichts anhaben, das kommt erst später, und auch vor ihnen schützt dich das Krähen eines Hahns.

Ich lasse also den Dämon auf den Baum zugehen, und jetzt geht er schon ziemlich lang. Auf dem Kopf balanciert er geschickt den Kasten. Die Könige aber klettern rasch wie Affen in die Baumkrone, und ihre Herzen zittern vor Furcht. Denn dieser Dämon war ein Ghul, ein Menschenfresser, nicht einer von den freundlichen Dämonen Salomons, die ihm den Palast erbauten. Woran man den Menschenfresser erkannte? Ach Gott, seid ihr dumm! Aber immer war ich abhängig von einem dummen Publikum, der Spender des Lebens und Bringer des Todes sei mir gnädig! Man erkannte ihn natürlich an seinen Zähnen: sie waren wie die Hauer eines Wildschweines.

Als aber der Dämon unter dem Baum angekommen war, da ließ er sich auf einen ungeheuren Hintern fallen, daß die Erde erbebte, und öffnete den Kasten. Und siehe, da lag ein Weib drinnen, und sie war schön wie der Mond in der Fülle, das ist die vierzehnte Nacht. Als er sie aus dem Kasten gehoben hatte, legte das Schwein den Kopf in ihren Schoß und schlief ein.

Wie, sein Kopf ist zu groß? Kann nicht auch ein Schoß

groß sein? Entweder hört ihr mir jetzt zu, ohne an dieser Geschichte zu klauben, oder ich gehe weg! Na also!

Das Weib kraulte den Kopf des Dämons, bis aus seinem Maul entsetzliches Schnarchen drang, und sie hob die Augen und sah die Könige, wie sie sich an Äste klammerten. Und sie lachte und winkte den beiden, herunterzusteigen, und die Könige gehorchten — was hätten sie auch tun sollen?

Jetzt folgt eine Szene wie im Film heutzutage. Dieses Zeitalter ist unanständig, es hat den Koran vergessen, es betet nicht mehr: es geht ins Kino oder sitzt vor dem Fernsehapparat. Zarte Seelen bitte ich, nicht herzuhören, und ich will es kurz abmachen; eure schmutzige Phantasie wird es ausmalen, und die Phantasie des Menschen war immer schon dem Bösen geneigt, ihr müßt euch also nicht anstrengen. Nun also: das Weib zwang beide Könige, ihr beizuwohnen. Ob es ein Vergnügen für die Männer war, ich weiß es nicht, ich war noch nie in einer solchen Lage, Liebe und Tod in eins vermischt, aber ich könnte mir vorstellen — wenn ich es mir überhaupt vorstellen möchte — daß dies ein besonderer Reiz war. Leck dir nicht so die Lippen, du Dicker, mit dir hätte sie wahrscheinlich nicht geschlafen.

Als sie ihr Gelüst befriedigt hatte, zog sie einen Beutel aus der Tasche und leerte ihn aus: fünfhundertsiebzig Ringe hatte sie da an einer Schnur, ein Vermögen, kostbare Ringe, der eine oder andere armselige mag darunter gewesen sein. Sie hatte aber diese Ringe Männern abgenommen, die sie gezwungen hatte, ihr beizuwohnen. Auch die Könige mußten ihr die Siegelringe geben, und sie tat sie zu den übrigen auf die Schnur und sagte:

Ja, wenn ihr erfahren wollt, was sie sagte, dann gebt mir die eine oder andere Münze! Ich habe elf Kinder und ein krankes Weib zu ernähren, also: gebt! Tut eurem Herzen keinen Zwang an! Gebt! Gut! Sie sagte also:

Dieser scheußliche Hund hat mich in eine Schachtel gesteckt, die Schachtel in einen Kasten, der mit sieben starken Schlössern verschlossen ist. Der Kasten aber liegt auf dem Boden des Meeres. So glaubte mein Herr und Besitzer — ihr müßt euch vorstellen, das spricht sie voll Hohn — mich sicher verwahrt; trotzdem habe ich ihn immer wieder übertölpelt und ich schlafe bei, wann es mir paßt und mit wem es auch sei! So, und jetzt verschwindet gefälligst!

O, könnte diese Geschichte mit Nadeln in die Augenwinkel gestichelt werden, sie wäre wohl eine Warnung für alle, die sich warnen ließen! Sagte ich es nicht: das Weib ist böse und verderbt von Natur aus? Hier habt ihr den Beweis.

Als nun die Könige zurückkehrten, jeder in sein Land, da tötete König Schehrijar sein Weib und nahm jede Nacht eine Jungfrau und tötete sie danach auch. Wie es sein Bruder, der König von Samarkand machte, das wird nicht berichtet, aber es ist anzunehmen, daß er es ähnlich hielt.

Der Wesir des Königs, damit beauftragt, die Jungfrauen aufzutreiben, eine für jede Nacht — er fand bald keine Jungfrau mehr. Alles nimmt mal ein Ende, auch das Gastmahl des Reichen. Da war der Wesir sehr bedrückt und seine Stirne war vor Kummer verzogen.

Er hatte aber zwei Töchter: die ältere hieß Schehresad, die jüngere Dinasad. Schehresad aber war klug, sie hatte tausend Bücher gesammelt und sie auch gelesen, was nicht so selbstverständlich ist, bei unseren Angebern heutzutage, und sie war ein Ozean an Geschichten. Daß sie überaus schön war, das muß ich nicht betonen, aber ich erspare mir die Formeln, die da enden: ›. . . und ihr Nabel faßte eine Unze Benzoesalbe‹ — wo kein Geld, da auch keine Musik!

Und Schehresad sagte zum Vater: Laß mich diese Nacht zum König! Ich will mich ihm vermählen. Der gute Wesir erschrak, denn er hatte seine Tochter liebgewonnen und hing an ihr; so machte er ihr Vorstellungen, aber sie blieb bei ihrem Entschluß. Unter uns: sie war zwar nicht treulos wie andere Weiber, aber hartnäckig wie andere Weiber auch; was sie wollte, mußte sie bekommen, und kostete es sie das Leben.

So kam sie vor den König, der sie gut empfing, der Früchte kommen ließ und Wein und Lautenschlägerinnen und Sängerinnen und Tänzerinnen — sie sollte es noch einmal gut haben vor ihrem Tod, gewährt man doch auch manchmal den Verbrechern vor der Hinrichtung noch eine letzte Bitte, wenn sie bitten.

Als aber alle gegangen waren, da fing sie an zu weinen und sagte:

Wissen wollt ihr, wie sie so auf Befehl und nach Wunsch weinen konnte? Das ist ein Geheimnis der Weiber. Obwohl sie im Grund ihres Herzens grausam sind, wissen sie sich doch zu verstellen, und weinen leicht und lassen sich leicht rühren — sie brauchen nicht einmal Zwiebeln, und die Tränen fließen schon. Als sie so weinte — doch achtete sie darauf, daß schwarzer Kuhl, womit sie die Lider gefärbt hatte, nicht über die Wangen floß, und auch rotes Henna, womit sie die Handflächen bestrichen hatte, nicht weggewischt wurde — da sie also so weinte, da fragte der König sie nach dem Grund.

Vielleicht findet ihr das nicht merk- und denkwürdig: wie sollte eine Frau, die vor ihrem Tod steht, wie also sollte sie nicht in Tränen ausbrechen, denn der Tod wartete nur noch eine Nacht, wie also sollte sie nicht weinen aus Mitleid mit sich selber? Falsch geraten! Das war es nicht. Sie sagte nämlich:

O König, siehe, ich habe eine kleine Schwester, von der möchte ich Abschied nehmen!

Wen auch könnte es wundern, wenn die Stimme des Blutes so laut spricht und aus einem Menschen herausweint? Der König gewährte ihr jedenfalls die Bitte, und Dinasad kam und setzte sich zu Füßen des königlichen Lagers. Und der König ging ein zu Schehresad. Was Dinasad derweilen tat, darüber berichtet die Geschichte nichts.

Hernach setzten alle sich nieder, um zu plaudern. Der König hatte nämlich die Gewohnheit, seine Geliebten erst bei Morgengrauen töten zu lassen; er war kein finsterer Tyrann, sonst hätten auch die 1001 Geschichten nicht erzählt werden können. Denn ihr wißt (oder wißt es vielmehr nicht, wie könnte man es bei diesen verlotterten Zeiten auch verlangen): Es ist Sünde, in das Antlitz des Tyrannen zu blicken! Nein, der König hing eher einem aufgeklärten Absolutismus an.

Und da sagte Dinasad (und das ist ein Beweis, daß die beiden Frauen oder vielmehr Mädchen, wie Pfirsiche beide, es vorher miteinander abgesprochen hatten):

Ich bitte dich bei Allah, o Schwester, erzähle uns eine Geschichte, durch die wir uns die vielen Stunden der Nacht verkürzen können, und Schehrezad erwiderte:

Mit größter Freude, wenn der vieledle König es erlaubt!

Und sie begann in der ersten Nacht mit der ersten Geschichte.

Uff! Jetzt sind wir endlich so weit. Nun könnte ich euch einen Vortrag halten über die Technik des Erzählens, über das Erzeugen von Spannung, aber ihr werdet gleich selber merken, wie die Schlaue, die Kluge das handhabte: es ist die alte Technik der Fortsetzungsromane, wie sie in den Zeitungen stehen. Längst hätten wir Erzähler unser Brot verloren, das kärgliche Brot, ich betone es noch einmal, wenn wir nicht lauter Analphabeten vor uns hätten. Wenn ihr einmal eine Zeitung in die Hand nehmt, dann tut ihr so, als könntet ihr lesen! Glaubt ihr denn, ich hätte euch nicht längst durchschaut? Lesen verdirbt aber auch den Charakter. Laila, geh absammeln!

Schehresad erzählte also, und da bemerkte sie, daß der Gazellenschwanz am Horizont auftauchte, ein feiner grauer Streifen nur. Der Morgen brach an. Und sie hielt in der verstatteten Rede an, ohne natürlich die erste Geschichte zu Ende erzählt zu haben. Ihre Schwester aber sprach:

Wie schön ist deine Erzählung, und wie berückend und wie lieblich und wie entzückend!

So etwas hört ein Erzähler natürlich gern, und Schehresad erwiderte:

Was ist all dies gegen das, was ich euch in der nächsten Nacht erzählen könnte, wenn der König mein Leben zu schonen geruhte.

Ihr seht, die beiden Schönen waren gut aufeinander eingespielt. Der Mann weiß nicht, wie er betrogen wird! Der König aber, begierig, die Geschichte zu Ende zu hören, schonte ihr Leben für die eine Nacht.

Und damit erwies er sich als recht gewöhnlicher Zuhörer, der ja immer nur wissen will: Wie geht die Geschichte aus? Doch hoffentlich gut? Denn jeder hat seinen Helden, und der will er selber sein. Und so fragt er: Wird der Prinz der Todesgefahr entrinnen? Oder: Wird sich wohl die arme Magd als Königstochter erweisen? O, ich ahne, ich ahne etwas! Oder ist schon Entsetzliches geschehen: Wird der abscheuliche Mörder wohl entlarvt werden? Kurz: der gewöhnliche Hörer oder Leser hört und liest auf die Zukunft hin; er beachtet nicht Schwung oder Kargheit der Sätze, und daraus ziehen wir unser Kapital.

Was da Schehresad erzählt hatte, das tut nichts zur Sache, denn ich will euch ja das Märchen der 1002. Nacht erzählen, ein Märchen, wie es noch nie erzählt wurde, ein Märchen, das den einen oder anderen Dirhem wohl verdient hätte! Laila, steh nicht untätig herum, sammle ein, vergiß nicht, daß wir heute noch in die Garküche wollen — ah, es riecht so gut nach Hammelfleisch, so gut, daß es mich ablenken könnte von meiner Aufgabe, aber ein voller Bauch erzählt nicht gern; nur aus dem leeren Bauch steigen befruchtende Dünste hoch ins Hirn.

In der nächsten Nacht, als sie sich wieder hingesetzt hatten, um zu plaudern, da sagt Dinasad:

O Schwester, erzähle doch deine beglückende berückende entzückende Geschichte zu Ende!

Und Schehresad öffnete den Korallenmund und erzählte weiter, und der dumme König dachte immer wieder, Nacht für Nacht:

Bei Allah, ich will sie nicht töten lassen, bis ich den Schluß ihrer Geschichte höre, denn wahrlich, sie ist wunderbar!

Schehresad aber erzählte nun 1001 Nächte hindurch, und der König war zwar ein aufgeklärter König, aber er bemerkte den Mechanismus nicht, durch den er wie ein dummer Tanzbär an der Nase herumgeführt wurde.

Ich habe mich schon oft gefragt, woher sie all diese Geschichten hatte — denn aus ihren Büchern waren nur wenige — wie sie so schlankwegs 1001 Nächte durch erzählen konnte — bin ich doch früher selbst oft in Nöten gewesen, in Kindsnöten, wenn ihr so wollt, und hatte dann das Kindbettfieber ohne Kind: denn Geschichte fiel mir oft keine ein, damals. Es gibt ja nur ein paar Themen, die man da anschlagen kann, eigentlich nur zwei: die große und zerstörende Liebe und der schreckliche zerstörende Tod (von den kleineren rede ich jetzt nicht). Dann aber merkt man bald, daß diese Themen sich unendlich variieren lassen, daß sehr vieles austauschbar ist, daß man Teile auswechseln kann, wie das heutzutage jeder Automechaniker kann, der freilich immer einen besseren Teil durch einen schlechteren, aber noch funktionsfähigen ersetzt. Früher, da hieß es: wer einen Hammelkopf beim Garkoch hat, der schläft nicht in der Nacht! Heute geht es den Autobesitzern so, wenn sie ihren Kübel reparieren lassen müssen. Aber ich verirre mich aus dem Märchenhaften ins Technische. Oder sollte auch die Technik märchenhafte Züge haben? Wer weiß!

Sie wußte aber auch, die siebenmal kluge Schehresad, daß sie erzählen mußte, um am Leben zu bleiben. Das weiß schließlich jeder Erzähler, auch ich weiß es, nur ihr wißt es nicht. Nicht nur, daß der Erzähler bedeutende Mittel benötigt, sich und dazu die eine oder andere Person am Leben zu erhalten — nein, er erzählt auch aus einem anderen Grund. Wie der Prophet — über ihm sei Heil! — will er einmal sagen können: Ich habe Zeugnis abgelegt, ein Zeuge bin ich gewesen!

Um wieder auf die Geschichte zu kommen: Schehresad erzählte also 1001 Nächte lang, und was sie erzählte, das ist in Büchern niedergelegt, in feiner zierlicher Schrift, die ihr Esel alle nicht lesen könnt.

Hatte sie auch eine Lieblingsgeschichte? O ja! Denn uns Erzählern ist eine erzählte Geschichte lieb, die andere aber noch lieber. Also hatte sie eine Lieblingsgeschichte, und das war die Geschichte vom Jüngling, der in die Hand des Dämons fiel und der sagte:

Wenn ich dir, o Dämon, eine Geschichte erzähle, wunderbarer als alles, was du bis dahin gehört hast — schenkst du mir dann ein Drittel meines Lebens?

Und da willigte der Dämon ein — denn ihr müßt wissen, daß auch Dämonen überaus neugierig sind, neugierig wie ihr —, und der Jüngling erzählt eine wunderbare Geschichte und der Dämon schenkt ihm ein Drittel des Lebens und der Jüngling erzählt noch eine Geschichte und der Dämon und und, aber das wißt ihr ja selber: kurz, der Jüngling entrinnt dem Tod.

Da steht er vor mir, der Tod, in vielen Gestalten: im

Messer ist er verborgen, im Gift, im Schwert, aber auch in der Erregung, in der Liebe, in erbärmlicher, zusammenziehender Krankheit, im schleichenden Alter. Davon wissen einige von euch ein nicht sehr schönes Liedchen zu singen. Siehe, die Hölle ist auch in uns, und sie verzehrt sich selbst und uns — kann sie doch nur zweimal im Jahr Atem schöpfen.

Schehresad hatte dem König in diesen Jahren drei wunderhübsche Knaben geboren, und sie ließ sie nach der 1001. Nacht kommen. Einer von ihnen ging, der andere kroch, der dritte lag an ihrer Brust.

Die Geschichte berichtet nicht, wie es der klugen Frau gelungen ist, dreimal eine Schwangerschaft vor dem König zu verbergen, der sie töten wollte. Sagt nicht: es sind eben Märchen! Gerade in den Märchen spiegelt sich das Leben wider, genauer als es uns lieb sein kann. Ich weiß nur: schwanger war sie, und sie erzählte trotzdem Nacht für Nacht, und der König wußte nichts, so war er von ihren Geschichten gefesselt!

Als sie nun mit ihren Knaben vor dem König stand, da sagte sie mit Tränen:

Ich flehe dich an, daß du mir den Tod erläßt um dieser unmündigen Kinder willen!

Vielleicht kniete sie auch dabei, vielleicht patschte das älteste Kind bittend in die Hände, ich weiß es nicht, wie ich vieles nicht weiß, aber immer noch mehr als ihr, die ihr Schafsköpfe seid und geizig dazu.

Der König aber weinte und drückte die Knaben an seine Brust. Er ließ dem Vater der beiden Frauen, seinem Wesir, ein Ehrengewand schenken, und es wurde ein großes Fest zugerüstet und in aller Eile gefeiert, und es sollte den ganzen Tag dauern.

Da wurden die Trommeln geschlagen, die Flöten geblasen, die Spielleute mühten sich sehr, die Tänzerinnen und die Lautenschlägerinnen taten ihre süße Arbeit, bis sie schwitzten, und an die Armen wurden reiche Gaben verteilt. Laila, sammle ab!

Kurz, es war eitel Freude und Wonne bei diesem Fest, mehr kann ich euch nicht sagen, ich war leider nicht eingeladen. Und Schehresad und Dinasad freuten sich auf die Nacht, die 1002. Nacht; endlich würden sie ruhig schlafen können, endlich waren sie befreit von einem entsetzlichen Druck: dem immer drohenden Tod.

Aber am Nachmittag kam ein Bote des Königs und sprach:

Auf, mache dich bereit! Der König hat sich an deine Geschichten gewöhnt! Erzähle ihm diese Nacht wieder eine Geschichte!

Da wurde Schehresad blaß, und Dinasad war so bestürzt, daß sie ohnmächtig zur Erde fiel. Und die ältere Schwester sagte bebend zum Boten:

Bitte meinen Herrn, er solle mich aus diesem Befehl entlassen! Denn siehe, ich bin sehr müde.

Als der Bote gegangen war, erfaßte die beiden Frauen noch größere Unruhe. Und Schehresad sagte:

Habe ich ihm nicht drei Kinder gezeigt? Hat er denn nicht geweint?

Darauf Dinasad (die sich offenbar erholt hatte):

Dieses Leben ist schrecklich! Was sollen wir tun?

Und mit dem Herzen im Hals erwarteten sie wieder den Boten.

Er kam, und sein Gesicht war voll Mitleid, und er sagte:

Deine Bitte hat den Herrn über Leben und Tod in großen Zorn versetzt. Seine Züge verzerrten sich, und Wut war auf seiner Stirn. Er befiehlt mir, dir zu sagen: Erzähle weiter, oder du stirbst!

Da rief Schehresad aus:

Was aber sagte mein Vater, der Wesir?

Er war dabei, und ich sah, wie sein Gesicht sich vor Schmerz verzog. Aber er wagte nicht zu sprechen.

Der Bote geht, es kommt der Wesir, und siehe, er weint.

Wenn ich mir das so überlege: mein Handwerk ist zwar unsicher, aber sicher bin ich doch des Lebens, wenn ihr werten Herren mich nicht verhungern laßt, mich und meine Laila! Seht euch ihre Ärmchen an, ihren Blick, dann wißt ihr alles! Das Kind wird mir noch ganz vom Fleisch fallen. Gebt, ihr Freigebigen, gebt, verhehlt nicht euer großmütiges hochvermögendes Herz!

Da sitzen nun alle drei, der Vater und die Töchter, und klagen und weinen. Vor den Fenstern des Palastes rauscht das Fest, quiekt, dudelt und grunzt. Arme werden aus vielen Garküchen gespeist, aber die wirklich Armen, das sind jetzt die Reichen die Mächtigen, die das Ehrengewand haben und Armringe und Reifen und Söhne.

Da sagte Dinasad mutig (denn es ist an jungen Menschen, mutig zu sein):

Ich will es versuchen! Fast drei Jahre lang habe ich deine Geschichten gehört, so will ich dem König Unerhörtes berichten, er soll eingehen zu mir, und ich will ihm Kinder gebären ohne Zahl und will dich, o Schwester, retten, und mich dazu.

Und die kluge Schehresad trocknete ihre Tränen und sagte:

Wie willst du das tun?

Da begann Dinasad, die Jüngere, versuchsweise zu erzählen, und sagte:

Einsamkeit ist der Anfang der Gottesverehrung, o König! Dieses Wort hat uns Abd al Hamid hinterlassen, und daran knüpft sich folgende Geschichte, die dich zweifelsohne bezaubern wird!

Und der Wesir und Schehresad warteten entzückt auf die Geschichte, die den König bezaubern sollte.

Aber Dinasad verstummte, nichts fiel ihr ein, sie wurde rot und war wieder einer Ohnmacht nahe.

Ja, meine Lieben, sie war eben keine Erzählerin! Sie hatte sich das alles zu leicht vorgestellt. Nur wem Gott gibt, der besitzt auch! Versucht es doch einmal selber! Ihr werdet finden, daß euer Hirn verdorrt ist. Saugt an den Fingern, es wird nichts nützen. Arme Dinasad! Die Schwester will sie retten, da fällt ihr nichts ein.

Und Dinasad versuchte es noch einmal und sagte:

Wer sucht, wandert, wer gesucht wird, fliegt, o König!

Ein schöner, ein mystischer Spruch, gewiß! Aber alles eher als eine Geschichte.

So frage ich euch Esel dann: Wißt ihr, was Meister sind, Märchenerzähler von Berufung?

Die tapfere Schehresad aber verlor nicht den schönen Kopf:

Laßt uns alle meine Bücher durchgehen, vielleicht findet sich eine Geschichte.

Und sie blätterten in den tausend Büchern und warfen die Bücher zur Erde: alle Geschichten, die sie fanden, sie waren bereits erzählt.

Was sollen wir tun? riefen sie wie aus einem Mund.

Laßt uns das Schicksal erforschen, sagte der Wesir. Wer es kennt, den trifft es vielleicht nicht so hart.

Der Hofastrologe kam, zog Kreise und Linien, schüttelte den Kopf.

Mars steht im zwölften Haus, verkündete er dann.

Was heißt das?

Es bedeutet Umbruch, Verstörung, auch Tod.

Sie entließen ihn mit reichen Geschenken.

Wie, werdet ihr sagen, er bringt eine schlechte Nachricht, und da geben sie ihm noch Botenlohn? Tja, der Mensch steht unter seinem Stern, was sollte er machen? Gute Miene zu einem bösen Spiel, das gespielt wird, ohne daß wir es wollen.

Nachdem sie nicht die gewünschte Auskunft bekommen hatten, ließen sie einen Wahrsager kommen.

Der Wahrsager war alt, er wackelte mit dem Kopf und seine Lippen zitterten. Er brachte ein Huhn mit, streute Körner, ließ das Huhn fressen und steckte es wieder in den Sack. Dann sah er in die Ferne, es schien, als sähe er durch alle hindurch.

Du wirst, sagte er dann zu Schehresad, auf den Markt gehen, denn dort hocken die Märchenerzähler auf ihren Fersen und schwätzen.

Ja, das sagte er, so sehr es mir gegen den Strich geht, auch das wahrheitsgemäß zu berichten. Es geht gegen meine Berufsehre. Aber ich horche in mich hinein und höre deutlich, wie er sagt:

Bekommt ihr auf dem Markt die gewünschte Auskunft? Das kann ich nicht sehen. Ich sehe nur, daß ihr weitergeht, in eine Koranschule, und vor den Türen hört, was der Lehrer drinnen spricht. Zuletzt aber werdet ihr einen Fremden befragen. Das ist alles, was ich sehen kann.

Und dann? fragten sie.

Dann kommt die Lailat al Kadr, die Nacht der Allmacht bricht herein, die Nacht des Schicksals, und die Lichter werden verlöschen.

Sie entließen den Wahrsager, und gaben wieder reiche Geschenke.

Und Dinasad öffnete den granatroten Mund und sagte:

Wozu wohl sollten wir zuerst auf den Markt und dann in die Koranschule gehen und zuletzt einen Fremden befragen? Wahrlich, Schwester, wunderlich dünkt mich das alles. Es ist besser, wir erfüllen seine Voraussagen nicht, vielleicht werden wir so gerettet werden!

Aber Schehresad erwiderte:

Und wer erzählt uns eine Geschichte?

Also verhüllten sie sich, und gingen in Begleitung eines Eunuchen aus dem Palast, und niemand erkannte sie. Sie aber richteten ihre Schritte zuerst nach dem Markt, wie es der Wahrsager verkündet hatte.

Seht, dort drüben, die drei Frauen, wie sie auf uns zukommen! Stellt euch vor, die eine wäre ein Eunuch. Wie, das könnt ihr nicht? Armselige Gehirne! So stellt euch doch wenigstens vor, es wären Schehresad und Dinasad! Dann bleibt nur der Eunuch, der auf sie aufpaßt. Und da kommen sie auf den Markt. Wie es da zugeht? Nun, da brodelt es und siedet und heult es. Der Platz ist voll. Ein Schrei! Ein Zahnbrecher hat einem armen Zahnkranken nicht nur den Zahn, sondern auch einen Teil des Unterkiefers herausgerissen! Aber der Schrei und das Wimmern — hört ihr das nicht? — wird übertönt von den Rasseln und Tamburinen der Tänzer — sie kommen aus dem Gebirge. Und heilende, heilige Frauen sind da: sie ziehen dir das Augenlid hoch und wissen, was dir fehlt! Und Feuerschlucker sind auch da. Aber was erzähle ich euch das! Damals, vor langen Zeiten und undenklichen Gelegenheiten, ging es auf dem Markt genauso zu wie heute.

Da kommen die Damen wirklich auf uns zu, begierig, eine meiner unübertrefflichen Geschichten zu hören. Schöne Damen, gebt mir eine kleine Münze! O, ihr beschenkt mich reich! So will ich euch eine Geschichte erzählen, auf die ihr so lange wartet, keine erstunkene und erlogene, kein Märchen! Hört alle zu:

Al Asmai erzählt, er habe von Asad ibn Abd al Kasri gehört, daß Hasan ibn Yusuf al Mutakher — über ihm sei Heil — gesagt habe:

Ein Mann vergaß Gottes und ergötzte sich an Geschichtenerzählern und Lautenschlägerinnen. Den allerheiligsten Namen sprach er nie aus, nichts mehr wußte er vom Hinderer und Förderer, nichts vom Spender des Lebens und Bringer des Todes, nichts vom Erben, der alle Dinge zählt und in seinem Buche verzeichnet. Da nahm der Herr der Königswürde das Herz des Mannes in die Hand und drückte es sanft. Der Mann erblaßte, sank zurück und stöhnte: Ach Gott, ach Gott! Und er hörte eine Stimme, die sagte: Hier bin ich, mein Knecht! Wo nur hast du so lange gesteckt?

Wie, die Damen gehen schon wieder? Diese fromme Geschichte kann ihnen unmöglich mißfallen haben! Was könnten sie dagegen sagen? Höchstens: das ist kein Märchen, wir haben Gottes nicht vergessen, möge Er unser nicht vergessen, die Geschichte paßt nicht auf uns! Da verschwinden sie auch schon in der Menge. Wo wollen sie hin? Ich will es euch verraten! Sie gehen in eine Koranschule. Denn uns allen ist der Weg vorgezeichnet, nichts bleibt dem Schöpfer verborgen. Ach ja!

Da arbeiteten sich Schehresad und Dinasad, gefolgt vom Eunuchen, den ihr euch nicht vorstellen konntet, durch die Menge, gingen durch krumme Gassen, krumme Wege, standen endlich vor der Koranschule und fragten nach ed Darani, dem großen Lehrer. Der aber saß inmitten einer Schar von Schülern und erzählte eben folgende Geschichte:

Der Prophet — über ihm sei Heil und Segen! — traf an der Ka'aba einen Beduinen, und die einfache Frömmigkeit des Mannes machte auf ihn tiefen Eindruck. Aber während sie sich noch unterhielten, siehe, da kam der Engel Dschabrail mit einer Offenbarung Gottes zum Propheten: O Muhammed, o mein Gesandter, den ich gesandt habe zum Zeugnis, sage zu diesem Beduinen: Du vertraust auf meine Gnade und Milde, wahrlich, es wird dir nichts nützen, denn morgen schon will ich Rechenschaft von dir fordern über Großes und Kleines, bis hinunter, bis zur Bastschnur und zum Schuhriemen! Da fragte der Beduine: Wird der Herr über alle Dinge wirklich schon morgen mit mir abrechnen, bis zur Bastschnur und zum Schuhriemen? Und der Prophet erwiderte: Wenn Er es will, wird Er abrechnen mit dir, so wahr ich hier mit dir sitze und rede. Da antwortete der Beduine: Bei Seiner Macht und Majestät: wenn Mein Herr über meine Sünde Abrechnung hält, will ich über Seine Vergebung Abrechnung halten. Wenn Er mit mir wegen meiner Habgier abrechnet, will ich mit Ihm über Seine Freigebigkeit abrechnen. Da weinte der Prophet so, daß sein Bart naß wurde. Doch siehe, der Engel Dschabrail stieg wieder nieder und brachte die Botschaft Gottes: Weine nicht, o Mein Gesandter, den ich gesandt habe zum Zeugnis! Siehe, die Engel, die Meinen Thron tragen, vergaßen vor Freude für eine Weile ihren Lobgesang und es ward Stille im Himmel. Sage deinem Bruder, dem Beduinen, er solle nicht Abrechnung halten mit Mir, so will Ich nicht Abrechnung halten mit ihm!

Und der große Lehrer neigte sein Haupt und betete:

Und wenn Du mich zur Hölle niederfahren läßt, werde ich doch ihren Bewohnern meine Liebe zu Dir verkünden!

Eine schöne, eine erbauliche Geschichte fürwahr! Ich muß nur leider die weihevolle Stimmung zerreißen! Denn Schehresad schrie leise auf, packte Dinasad, zog sie hinaus und sagte (der Eunuch aber folgte):

Wahrlich — wo gibt es noch Rettung? Sieht Gott denn nur mit Zornesblick auf uns? Was nützt uns diese Geschichte? Nicht abrechnen wollen wir, sondern leben, leben! Ich will nicht sterben!

Und sie gingen dem Palast zu. In einer kleinen Gasse tappte ein Blinder auf sie zu, der Stock stieß gegen das Pflaster, tapp, tapp. Sie gingen auf ihn zu und Schehresad fragte:

Wie ist dein Name, Fremdling?

Al Gharib, erwiderte der Blinde.

Wie, ›Fremdling‹ heißt du?

So nennen mich die anderen, sagte der Blinde, und ich habe nichts dagegen, denn ich bin mir selber fremd geworden und verlorengegangen.

Weißt du eine Geschichte? fragte Schehresad.

Vieles weiß ich, sagte der Blinde, vieles habe ich als wahr erfunden. Wozu willst du eine Geschichte?

Und Dinasad sagte:

Um dich auf die Probe zu stellen. Und um sie noch einmal zu erzählen.

Da sagte der Blinde und stützte sich auf den Stock:

Ihr seid zwei schöne Frauen, man erkennt es an der Stimme. Aber da ist noch einer bei euch.

Ja, sagte Dinasad, ein Eunuch.

Glückliche Frauen! rief der Blinde aus, so seid ihr hochgeboren und wohl im Palast des Königs beheimatet. Ich will euch eine Geschichte erzählen, und bedenkt sie wohl:

Wie Sahl ibn Sad berichtet, brachte eine Frau dem Propheten — über ihm sei Heil! — ein gesticktes Gewand, und wahrlich, er hatte es schon nötig! Als er es angezogen hatte, da saß es vortrefflich. Und einer der Männer, die um ihn saßen und standen, sagte: Gib mir das Gewand! Da zog der Prophet das Gewand ab, faltete es und überreichte es dem Mann. Und alle machten dem Unverschämten heftige Vorwürfe. Er aber verteidigte sich und sagte: Ist dieses Gewand jetzt nicht geheiligt durch den Gesandten Gottes? So will ich es als Totenlaken.

Und so geschah es auch.

Aber was eilen Schehresad und Dinasad so davon? Keuchend sagt die eine zur anderen — ich aber kann nicht hören, wer es in der Eile sagt:

Das sind alles Geschichten vom Tod, und wir sind verloren!

Und die andere sagte:

Wir müssen flüchten!

Und die erste — schon werden sie mir gesichtslos:

Wohin? Er würde uns überall finden!

Sie eilten zum Palast und wußten nicht: sollten sie fliehen oder bleiben? War es nicht gleichgültig?

Bevor sie noch die Schwelle überschritten hatten, hörten sie eine Stimme von oben, und sie wußten nicht, ob sie aus einem Fenster des Palastes kam oder von nirgendwoher:

Predige den Toten und der Hölle, so wirst du Ehre erlangen und nicht ausgelöscht werden aus dem Buch des Lebendigen!

Da flohen sie entsetzt in den Palast hinein, auf ihr Schicksal zu.

Es wurde Nacht. In den Gemächern klagten die Frauen, denn die Kunde von jenem Unglück hatte sich schnell verbreitet: Schehresad war aber leer wie ein vertrockneter Brunnen.

So also begann die Lailat al Kadr, die Nacht der Allmacht, die Nacht des Schicksals, in der die Schicksale aller Menschen für das folgende Jahr entschieden werden, es begann die 1002. Nacht, die für uns alle kommt!

Was soll ich da noch erzählen? Laila, zeig her! Ja, es reicht: für eine Schüssel Kuskus und einen Hammelkopf, genug für uns beide. Das Märchen? Könnt ihr euch nicht gedulden? Ich bin hungrig, ich will nicht mehr, nein, ich will nicht mehr! Ich bin ein Zeuge gewesen, vergeßt das nicht! Laila, den Stock! Ich will euch im Weggehen nur eines sagen: die Lichter erloschen, alle, ja alle!

DIE HOCHZEIT DER EINHÖRNER

Auf der Steppe weiden Gnuherden. Oder sind es Elenantilopen? Wer doch die Zoologie beherrschte, zu klassifizieren wüßte, Art, Stamm, Familie! Zebras. Giraffen. Auf den Bäumen Geier.

Die Steppe geht, nach und nach, in Urwald über. Jedenfalls kein schroffer Übergang. An die Stelle des ins Auge fallenden Tieres treten nun Pflanzen, Bäume, immer mächtiger. Sie schließen ihre Kronen zu einem Dach. Das in der Steppe flimmernde Licht wird ruhig, nimmt grünliche Färbung an. Könnte man wie ein Geier über dem Urwald schweben — aber Geier schätzen die Steppe —, würde man sehen, wie einzelne Bäume immer wieder das geschlossene Dach des Urwaldes durchstoßen und weit darüber hinausragen.

Eine Lichtung. Lianen. Eine Horde Affen schnatternd in den Bäumen. Vorsichtig treten zwei Einhörner aus dem Urwald wie aus einem Kinderlied: Mironton, der Mann, und Mirontaine, die Frau. Sie sind nackt und schämen sich ihrer Nacktheit nicht. Die Gestalt die eines edlen Pferdes. Aber das Horn an der Stirn: zierlich gedrechselt. Die Farbe: schneeweiß, Traumfarbe für einen Schimmel, für ihn unerreichbar. Schlanke Fesseln, rosige Nüstern. Beide Einhörner treten in die Mitte der Lichtung.

Dort sitzen oder stehen drei Affen, nicht Menschenaffen, eine kleinere, wendige Rasse. Das Schnattern in den Bäumen verstummt zuerst, schwillt aber dann wieder mächtig an: Bewunderung muß sich Luft schaffen. Das scheueste Tier der Erde, das Einhorn, hier gleich gedoppelt auf der Lichtung! Und auch nach äffischen Begriffen zauberhaft schön! Fast so schön wie ein Affe, denken die Affen.

Von der Steppe her kommend bricht sich ein riesiger alter Elefant Bahn. Das Unterholz kracht, Stämme zersplittern. Die kleinen Affen in der Mitte der Lichtung greifen nach ihren Geräten: der eine hält ein Weihrauchfaß, das er nun schwingt, der zweite einen Weihwedel, der dritte ein Buch. Der Elefant lächelt mit winzigen rotumränderten Augen, als er sieht, wie die Einhörner, markig Mironton, lieblich Mirontaine, nun die Vorhand beugen und in die Knie fallen.

Nun beginnt eine höchst einfache Zeremonie, wie sie unter Tieren üblich ist. Mit einer vom vielen Predigen und Trompeten abgenutzten Stimme fragt

DER ELEFANT: Willst du, Mironton . . . *(alles übrige verliert sich im Gemurmel. Die Affen auf den Bäumen sind mucksmäuschenstill, um kein Wort der so seltenen Zeremonie zu verlieren.)*

MIRONTON: Ja.

DER ELEFANT: Und willst du, Mirontaine . . .

MIRONTAINE: Ach ja!

DER ELEFANT *(lächelt)*: So seid ihr Mann und Weib! O meine Kinder! Gott, der eure Hörner zusammengefügt hat in unerforschlicher Weisheit . . . *(er murmelt wieder).*

DAS ÄFFLEIN MIT DEM WEDEL: O Herr, besprenge mich mit Hysop, und ich werde weißer als der Schnee . . .

DAS ZWEITE ÄFFLEIN *(hebt das Buch vor die Augen des Elefanten und sagt:)* Lasset uns beten!

Der ELEFANT sieht über das Buch hinweg auf die Neuvermählten und murmelt wieder. Er ist so gerührt, daß er nicht laut zu reden wagt.

DAS ÄFFLEIN MIT DEM WEIHRAUCHFASS: O Gott, du hast gnädig . . .

DER ELEFANT *(mild, nicht ohne Salbung):* O meine Kinder! Wachset und vermehret euch! Jetzt dürft ihr es ja nach den Vorschriften unserer heiligen Mutter Kirche! Ihr seid vom Herrn selber auserlesen, die dumme Fabel vom jungfräulichen Einhorn . . .

(Er sieht streng auf den ersten Affen, der sich unzeremoniös mit dem Weihwedel kratzt)

. . . vom jungfräulichen Einhorn zu widerlegen. Ein Tier,

der Mensch, so sagt man, habe sie erfunden, diese Lüge, aus Lust am Lügen, ich aber sage euch: Ein anderes Tier muß sie erfunden haben, ein Tier, das neidisch war auf eure zierlich gedrechselten Hörner, und den Menschen gibt es überhaupt nicht, ich habe mein langes Lebtag noch keinen gesehen, doch viele Einhörner, wenn auch nicht so hübsche . . .

(Die Lianen schwanken, in den Bäumen ist nun äffisches Flüstern zu hören; Weihrauch treibt hoch. Der Elefant will eben fortfahren, da ist starkes Gewehrfeuer ganz in der Nähe zu hören.)

DER ELEFANT *(wenige Minuten vor seinem Tod):* Es donnert!

MIRONTON UND MIRONTAINE *(stehen auf und reiben zärtlich die Hörner aneinander, wenige Minuten vor ihrem Tod):* Mironton! Mirontaine! Ein Leben voller Glück!

Die Ministranten-Äffchen sind etwas beunruhigt und sehen sich um.

DER MOSCHUSOCHSE

Das Dach der Welt: Tibet. Der Nabel der Welt: der Potala in Lhasa. Schneidende Kälte. Pilger in dick wattierten Kleidern, die Gesichter mit Fett und Ruß beschmiert, um sich so vor Wind und Kälte zu schützen, ziehen in langen Prozessionen von allen Seiten in die Stadt ein, wo das Neujahrsfest gefeiert wird. Sie alle wollen wenigstens einen Blick auf den Gottkönig werfen. In den Straßen vor allem Frauen in bunten Kleidern. Viele tragen silberne Gehänge. Die Männer dazwischen eher in Grau. Besonders arg wird das Gedränge, wenn einem hohen Würdenträger der Weg frei gemacht werden soll. Dann teilen die Diener Püffe Ellbogenstöße Tritte aus. Die Pilger lachen, reißen die Mütze vom Kopf, kratzen sich mit der Rechten den Schädel, strecken die Zunge weit aus den Mündern: das Zeichen der Ehrerbietung. Es liegt auf der Zunge: sie spricht kein Falsch. Ist der Würdenträger ein sehr hoher Herr, fallen die Pilger auch auf die Knie. Das Summen, Rufen Schreien Gackern Gurgeln Lachen Schneuzen liegt wie eine Dunstglocke über der Stadt, nur: hier ist die Luft unglaublich dünn und rein, jeder Laut erstirbt sofort, so muß immer wieder von neuem geschrieen gegurgelt gegakkert werden, um die Glocke zu erhalten. Fahnen werden geschwungen, Schleifen, aus Seide, aus gewöhnlichem Stoff. Auch der ärmste Pilger bringt etwas mit, das er opfern kann: eine Handvoll Reis, ein wenig Gerste.

Der Potala, der Palast des Dalai Lama, steht hoch über den Häusern. Pilger, die ganz besonders fromm sind, messen den heiligen Weg, den Weg um den gigantischen Palast, mit ihrer Körperlänge aus. Andere tun das auch für Geld. Sie haben einen ledernen Schurz und eine Art hölzerner Handschuhe: so werfen sie sich zu Boden, kratzen ein Zeichen vor sich in die Erde, treten vor, stürzen wieder nieder. Dieser heilige Dienst kommt den Seelen ihrer Auftraggeber zugute.

Bettler, die ihre Holzschalen weit vorstrecken und dazu rituell jammern. Immer wieder werden, von Würdenträgern Pilgern Bettlern Frauen größeren Kindern die heiligen Silben gesprochen: OM MANI PADME HUM. Gebetsmühlen, in Händen, aber auch von Wind und Wasserkraft betrieben, auf kleinen Fahnen stehen die Silben, auf Fetzen; Mühlen über stürzenden Bächen: sicher ist sicher! Das Kleinod im Lotus, es ist der Buddha, der Amitabha, dem Rad der Wiedergeburten entkommen, leidenslos fett strahlend goldglänzend. Das Kleinod ist aber gleichzeitig der Dalai Lama, die Wiedergeburt des Amitabha, so bedeutend: zu uns sind göttliche Menschen herabgestiegen, Götter und die Söhne von Göttern, dämonenbezwingend, Krankheiten unterworfen wie wir alle, leidend, doch leidlos. Wirf dich auf die Knie, mein Freund, schneuze dich zuvor mit den Fingern, die Rotzglocke hängt dir aus der Nase, und strecke die Zunge heraus! Denn siehe, ein Groß-Lama kommt angewackelt, fett und verehrenswürdig; er braucht Platz!

Ach, wer doch so viel Fett um seinen dürren Körper herum versammeln könnte! Denn die Persönlichkeit zeigt sich im Fett. Nur der Dalai Lama ist vergleichsweise mager, so sagt man, er, der Unvergleichliche. Und das bedeutet für uns, die wir mager sind: Trost Erquickung Heiligung. O würdige uns, Heiliger, deines Blickes, wenn schon nicht der Berührung mit dem heiligen Wedel oder gar mit der Handauflegung! Siehe, wir kommen von weither, wir wanderten über hohe Pässe, durchschritten reißende Flüsse, hatten Angst vor Wölfen und wilden Yaks, aber nun leuchtet vor uns der Potala, wartet auf uns der Tee aus der Klosterküche mit der herrlich ranzigen Butter, dicker buttriger Tee, und dazu die würzigen Brotfladen. So betrachtet, ist das Los eines Pilgers beneidenswert: Himmlisches verbindet er mit Irdischem, in der Linken dreht er die

Gebetsmühle, in der Rechten hält er die Tasse; es murmelt der Mund Gebete, und dazwischen ein Schluck Tee.

In der Luft über Lhasa: ein ungeheures Sausen. Aber, merkwürdig: nirgends erhebt sich der sonst so lästige Staub, der in die Mundhöhle dringt, die Zähne knirschen macht, der Staub, der unter die Augenlider kriecht, so daß jeder Blick schmerzt. Heute nichts davon: denn dies ist nicht Wind, der hier saust, es sind unzählige Tote aus aller Herren Länder, auch aus den britischen oder österreichisch-ungarischen Kolonien, die sich hier ein Stelldichein gegeben haben, das kein Stelldichein ist: denn nur der tote Freund erkennt den toten Freund, nur wo Zuneigung war, nimmt das Leblose Gestalt an und wird so sichtbar.

Auf dem wüstenähnlichen Hochland vor der Stadt bewegt sich ein Stein. Er schwillt an, bekleidet sich mit der ihm gemäßen Form: ein Mädchen reitet auf einem Tier. Das zottelige Ungeheuer sieht wie ein Yak aus, ist vielleicht auch ein Yak, doch verströmt es Moschusduft, ist also vielleicht doch ein Moschusochse mit dem langen Fell; die Hörner verdrängen fast die ganze Stirn. Moschusochsen sind größer als Schafe, doch kleiner als Rinder — sollte es nicht doch ein Yak sein? Moschusochsen treiben sich in den Tundren herum, gequält von Stechmücken, gepeinigt von schrecklichen Wintern. Aus dem Schnee scharren sie die Pflanzen, von denen sie leben. Wie aber kommt ein Moschusochse nach Tibet, wie findet er sich mit der dünnen Luft ab, wie kann er so rennen?

Es ist empfindlich kalt, doch das Mädchen ist leicht bekleidet: mit einem Kittel, dem Mieder, der Schürze, groben Strümpfen und groben Schuhen. Der Ochse tobt heran. Er wirft die Beine wie in einem Ochsenballett: alle vier zur gleichen Zeit gestreckt in der Luft. Er hält vor einem Mann, der unschlüssig vor der Hauptstadt Tibets steht. Zwei Schreie zur selben Zeit:

Jeanne!
Jean!
Wo kommst du her, Jeanne?
Aus einem Dorfkirchhof in Oberösterreich. Und du?
Aus dem Ahnenbaum.
Was ist das, Jean?
Ein einzelstehender großer Baum. An den Ästen hängen bunte Stoff-Fetzchen. Aber auf ihnen steht keine Silbe. Dort sitzen die Ahnen und klagen. Sie rascheln wie dürres Laub.
Warum klagen sie?
Weil man sie für böse hält. Man sucht sie zu besänftigen. Man bringt ihnen Opfer, meist Hirse.
Wer ist ›man‹, Jean?
Die Lebenden.
Und dort bist du gesessen?
Ja. Es war sehr gemütlich. Und was hast du getan?
Ich habe meine Hände an Lichtern gewärmt. Sie haben für mich Kerzen zwischen die Fenster gestellt. Wann bist du gestorben?
Kurz nach dem großen Krieg. Ich verschwand. Niemand wußte, wohin. Und du?
Erinnerst du dich noch an unsere Begegnung?
Und ob!
Ich starb kurz danach.
So jung, Jeanne?
Ja. Mit elf Jahren. Jetzt bin ich elf, aber auch achtzehn.
Und ich elf wie dreiunddreißig, obwohl ich schon über vierzig war. Das ist die Arithmetik der Toten. Aber der Koran hat recht behalten: im Paradies ist jeder Mann dreiunddreißig.
Hat der Koran auch recht, hier in Tibet?
Ja, auch hier. Heilige Schriften haben überall recht.
Was saust so in der Luft?

Es sind die Toten, die vom Totengott Yama umhergetrieben werden.

Von Yama?

Ja. Jedes Land hat seinen eigenen. Nationalismus läßt sich nicht ausrotten.

Sie sehen einander an. Vom Potala her tönen Posaunen Pauken Rasseln. Es sind schaurige Töne, für einen abendländischen Musikus.

Die Toten lächeln.

Wir haben Zeit über alle Zeit. Wir müssen uns nicht mehr beeilen. Mein Gott, du bist schön geworden, Jeanne.

Nenn mich nicht mehr Jeanne. Es erinnert mich an die Jungfrau von Orleans.

Du hast recht! Recht wie immer. Und Jean klingt nach Kellner, oder Kammerdiener.

Sie begreifen noch nicht alles. Jedes Jahr, jedes Jahrhundert dasselbe! Sie sagt:

Johann!

Er erwidert zart:

Johanna!

Die Erinnerung überwältigt sie: wer bist du, fühle wie leicht, der andere trug nichts.

Da ist jetzt alles wieder, so steigt es auf:

Er spricht mit ihr an seinem elften Geburtstag, an der glücklichen Datumsgrenze. Das eine Mal. Alle Male.

Nach der Geburtstagsfeier treibt er sich im Dorf herum, schlüpft durch Zäune, gerät an die Hinterseite der Häuser; viele haben einen Garten, meist Obst, am Fuß eines Mäuerleins setzt er sich zurecht. (Für Tote fallen Gegenwart, Zukunft, Vergangenheit in eins, mehr oder weniger. Ewigkeit ist ja nicht endlose Zeit, es ist die Zerstörung der Zeit.)

Es ist ein lauer Herbsttag, er ist sehr zufrieden; so summt er das französische Kinderlied, das sie eben bei Frau Schiefer, der Lehrerin, lernen: das Lied vom großen Marlborough, dem Malbru seiner Kindheit. Aber er erinnert sich nur an die erste Strophe, die walkt er durch, zuletzt singt er aus vollem Hals, um nicht zu sagen: er brüllt. Da sagt eine Stimme aus himmlischen Höhen:

Kannst du die anderen Strophen nicht?

Er sieht auf, sieht zuerst nichts als ein Paar grobe Schuhe, die über dem Mäuerlein hängen; er richtet sich auf: braungebrannte Beine sieht er, den Kittel, noch nicht den Kopf, so steht er auf. Ein Mädchen, schwarzhaarig, dunkelhäutig, Zöpfe, der Kittel großkariert, eine Stupsnase (o wie über alle Maßen herrlich hat dieses Gesicht, hat diese Gestalt sich jetzt ausgewachsen verwandelt, wenn er sie als Achtzehnjährige denkt, und ist doch gleich geblieben!), die Schienbeine zerschunden: diese Einzelheiten sammelt er ein, rasch,

wie kommst du auf die Mauer?

Ich bin hinaufgeklettert.

Ich hab dich nicht gehört.

Du hast sehr gebrüllt.

Aber du bist nicht aus Mureck. Von da hier?

Nein, aus Oberösterreich. Bist du auch von dort?

Traurig sagt er, und fällt vor Erregung ins Slowenische:

Ne, od tu sem tu. Was machst du hier?

Ich besuche meine Verwandten.

Das ist doch der Garten von Fischer!

Er ist mein Onkel.

Oberösterreich! Liegt das weit über Österreich?

Sehr weit, antwortet sie ernst. Mindestens einen Stock darüber. Aber ich hab die Reise als Geburtstagsgeschenk erhalten.

Wann hast du Geburtstag?

Heute.

Hurra, schreit er. Wie alt bist du?

Elf!

Hurra! Und wie heißt du?
Johanna.
Er gurgelt nur noch ein drittes Hurra.
Was hast du? Sie setzt sich auf dem Mäuerlein zurecht, schlägt die Kanten der Schuhe aneinander.
Ich heiße Johann, sagt er, ich bin elf, heute ist mein Geburtstag.
Ist das wahr?
Sie läßt sich neben ihn auf die Erde plumpsen. Die Sonne scheint. In ihrer Nähe, fast bedrohlich: der Mond. Sie sitzt neben ihm.
Es ist wahr. Ich komme von der Geburtstagsfeier. Im Kuchen steckten elf brennende Kerzen. Zum erstenmal durfte ich vor allen Menschen Wein trinken. Der Kuchen wurde angeschnitten, ich hab das erste Stück bekommen.
Wie bei mir! Nur war es eine Torte, und die Kerzen standen drum herum, mein Onkel hielt eine Rede.
Und ich heiße Johann, Johann Nepomuk,
und ich Johanna.
Kleine Wolken treiben über den Himmel.
Er wendet sich ihr ganz zu. An jedem anderen Tag wäre er zu schüchtern gewesen, nun, unter so merkwürdigen Umständen, ist alles möglich.
Sie greift ihm ins Gesicht, so sind ihm schon Blüten, Schmetterlinge über die Wangen getaumelt, leichtes, wischendes Berühren, sie tastet über seine Wimpern,
Johann, sagt sie und
Johanna er.
Sie zerbeißt einen Halm.
Kannst du wirklich nur die erste Strophe?
Nur die erste, antwortet er zögernd, ich muß aber bis morgen zehn können, sonst gibt es mit dem Lineal eins über die Finger,
und er erzählt von der guten Frau Schiefer, der Lehrerin,

und sie erzählt von Marlborough, dem großen General, und singt mit heller Stimme:

Er kommt vielleicht zu Ostern,
vielleicht Dreifaltigkeit.

Ostern, Dreifaltigkeit, ich hab's, sagt er, es ist leicht zu merken, und sie darauf, eifrig:

Dreifaltigkeit vergehet,
Malborough kehrt nicht zurück.

Warum kehrt er nicht zurück, fragt er, es warten doch sicher Leute auf ihn, die Verwandten und so?

Da stellt sich heraus: dieser Marlborough, der ihn ja weiters nichts angeht, dessen Schicksal er aber morgen in zehn Strophen besingen soll — er ist im Krieg gefallen. Ein Page, schwarz gekleidet, bringt der Madame die schlimme Nachricht:

Zieht aus die Rosenkleider
und golddurchwirkten Schuh.

Ein leichter Wind fährt durch das Gras, bewegt es kaum.

Und er singt, was sie singt. Kleider aus Rosenblättern. Vier Offiziere trugen den Sarg, der erste, vermutlich in der freien Hand, den Harnisch des Toten, du, was ist ein Harnisch? das weißt du nicht? der zweite den Schild, der dritte den Säbel und der vierte trug nichts. Wie man es auch betrachten mochte: der vierte war am besten dran. Und als sie ihn bestattet hatten, da gingen sie zu Bett,

die einen mit den Frauen,
die andern ganz allein.

Tja, sagt er bedauernd, dann kommt er also nicht mehr nach Hause?

Es ist nur ein Lied, sagt sie unsicher, und vielleicht nicht wahr. Sie pflanzten Rosmarin um sein Grab; auf dem höchsten Zweig sang die Nachtigall, und dann, weißt du, dann sah man seine Seele durch den Lorbeerbusch fliegen.

Seele, was ist das genau?

Ein Vogel, sonst könnte sie nicht fliegen.
So sind die Schmetterlinge Vögel?
Nein, sie fliegen nur.
So ist er also tot?
Ja, denn es ist schon lang her.
Sie flicht schnell ein winziges Graskörbchen. Johann sieht verblüfft auf die sich hurtig bewegenden Finger.
Mein Vater ist ein Teppichweber, sagt sie, ich will es auch werden. Was ist dein Vater?
Johann sagt ernst:
Er singt. Und er spielt. Und er ist ein Präsident.
Ist das viel?
Sehr viel. Denn hier gibt es viele Velocipedisten.
Was ist das?
Sie fahren auf Rädern.
Als das Körbchen fertig ist, gibt sie es ihm:
Fühle, wie leicht!
Ja, ich spür es kaum.
Ich schenke es dir.
Da ruft eine Stimme, langgezogen, klagend, verschnupft:
Johanna, wo steckst du nur?
Das ist Isolde, flüstert sie, du mußt leise sprechen, sie hat scharfe Ohren. Weißt du, sie ist schon uralt; fünfzehn. Wann werden wir erwachsen sein?
Ich weiß es nicht.
Die Erwachsenen werden alt und sterben, und sie rauft ein Büschel Grashalme aus. Kommen sie dann nochmals zur Welt?
Ich weiß es nicht, Johanna.
Ich muß gehen, sagt sie.
Aber es ist noch nicht Mittag, ruft er.
Sie hört uns doch! flüstert sie.
Da ruft Herr Fischer, oder vielmehr: er singt den Walkürenschrei:

Hojotoho! Heiaha! Johanna: die Suppe wird kalt.

Hojotoho! antwortet Johanna hell langgedehnt. Schade. Die Suppe steht auf dem Tisch. Verrate mich nicht, daß ich mit dir gesprochen habe. Es ist unser Geheimnis, ein ewiges. Schwörst du?

Ich schwöre.

Sie springt die Mauer an, schwingt sich geschickt hoch, äugt nach dem Haus, sieht dann auf ihn.

Kommst du wieder? fragt er.

Von der Mauer rieselt Kalk. Ein kleiner Stein fällt zu Boden.

Ich weiß es nicht genau.

Sie verschwindet. Er hört noch, wie sie jenseits der Mauer ins Gras springt. Er hört sie singen:

Der andere trug nichts.

Dann Getrappel.

Dann quietscht eine Tür.

Nie wieder im Leben sah er Johanna mit den ernsten Augen, den braunen zerschundenen Beinen, den groben Schuhen.

Und was geschah mit dem Körbchen aus Gras?

Sie stirbt bald darauf. Er kommt auf die Kadettenschule, auf andere Schulen, er wird Offizier. Er heiratet, er bekommt eine Tochter. Aber er kann Johanna nicht vergessen. Erste Liebe; und er weiß nicht, daß es Liebe ist, die den Tod überdauert. Das Gespräch, das sie beide in seinen Gedanken führen, ist immer das gleiche, eine Rasterung auf weißem Papier, bedruckter Stoff auch, darauf ziehen sich dann wirre Linien hin, von Traum zu Traum verschieden, Häkchen auch, die man für Neumen halten kann: was machst du, wie heißt du, wer bist du, was weißt du, fühl wie leicht, ja ich spür es kaum, der andere trug nichts!

Vor allem aber bleibt ihre Stimme, jung und hell. Sie singt:

Malborough kehrt nicht zurück!

Nun sitzt sie, ihm zugewandt, auf dem Tier. Aus den Nüstern des Yaks steigt die zu erwartende Atemwolke nicht. Die Erklärung dafür ist leicht: auch das Tier ist tot, es steckt hier in seinem ätherischen Leib, es ist die Essenz eines Yaks. Oder eines Moschusochsen?

Johanna, du bist so schön geworden!

Und du so klug! So stark!

Wie vortrefflich sitzt du auf deinem Yak!

Das ist kein Yak, sagt sie lächelnd, es ist ein Moschusochse.

Wie, sagt er, ein Moschusochse?

Ja, erwidert sie, ich habe ihn dazu ernannt. Der Name klingt poetischer. Habe ich nicht ein Recht darauf, die Dinge zu benennen, wie ich will? Vielleicht ist nur im Reich des Todes Poesie möglich.

So wäre mein Tier — vorausgesetzt, ich ritte wie du — auch ein Moschusochse? fragt er.

Wenn du es dazu ernennst, gewiß!

Sie lächelt ihn an.

Ein Widerschein ihres Lächelns erscheint auf dem Gesicht des Mannes, der jetzt in der Fülle seiner Kraft steht. Sie aber ist schön wie der Mond in der vierzehnten Nacht.

Wie er bekleidet ist? Er trägt die Dschellaba.

Vom Potala her tönen die langen Kupferhörner. Ja, eine schaurige Musik!

Komm auf den Ochsen, sagt sie.

Er rafft das lange Gewand zusammen und steigt auf.

Sie reiten nun langsam an Steinhaufen vorbei. In ihnen stecken Opferstangen, daran hängen zerrissene Fetzen.

Fast wie im Ahnenbaum, sagt da der tote Johann.

Sie kommen auch an großen Blöcken vorbei, die mit roter Farbe bekleckst sind.

Je näher sie Lhasa kommen, um so ärger wird das Gedränge. Aber die Toten kann das nicht stören; ihre Körper und der Körper des Tieres nehmen keinen Raum ein.

Während sie durch die Straßen der Götterburg zureiten, fragt Johann:

Weshalb haben wir uns auf dem Dach der Welt getroffen?

Wir waren gestern oder vor dreihundert Jahren im Hoggargebirge. Die Vulkane standen wie Schlote da. Wir flogen schattenlos durch die Lüfte, da sagte die Stimme, die du kennst: Und morgen in Lhasa! So kommen wir durch die Welt.

Ich erinnere mich nun, sagt der Mann. Du mußt entschuldigen. Ich war versunken.

Worin?

In deinen Anblick.

Wenn Tote erröten könnten — Johanna würde erröten.

Sie sagt:

So bist du doch zurückgekehrt?

Ja, erwidert er, nur Marlborough kehrt nicht zurück, im Lied!

Sie sagt:

Die Stimme sagte mir noch etwas.

Was?

Sie sagte: Tritt ein in den Kreis!

Was soll das heißen?

Ich weiß es nicht!

Und mir sagte die Stimme: Hindere! Löse!

Was bedeutet das?

Ich weiß es nicht!

Nun sind sie am Potala angelangt. Sie steigen vom Ochsen.

Das Großkloster, der Palast des Gottkönigs, ist riesig. Gänge, Treppenstufen, die ausgetreten sind, Eisengeländer, blank gescheuert von Millionen Händen. Dächer, Galerien Höfe Tschorten. Überall hasten Pilger. In einem riesigen Hof, der mit Teppichen ausgelegt ist, schwatzen ein paar tausend Menschen. Auch die Galerien dieses Hofes sind dicht besetzt. Mönche eilen mit riesigen Teekannen zwischen der Menge umher, gießen ein, verbeugen sich: sie schenken den Buttertee aus, der nicht sehr fein riecht. Vor den Vornehmen des Landes stehen Messingschalen mit Mandarinen Rosinen Feigen Pfirsichen Kuchen, getrockneten Früchten aus südlichen Ländern.

Die Toten kosten vom Duft.

Ich mag den Geruch des Buttertees nicht, sagt Johanna.

Ich auch nicht! Halte dich an Mandarinen und Pfirsiche!

Der Tee riecht so ranzig, klagt das schöne tote Mädchen. Er übertönt alles!

Jetzt lächelt Johann:

Glaubst du denn, daß es früher besser roch, als man Rinderschenkel, in Fett gewickelt, den wählerischen Göttern verbrannte? Lerne unterscheiden: Mandarinen und Buttertee.

Kannst du es?

Ich glaube, ich lerne es. Wir lernen es.

Sie atmen den süßen Geruch der Früchte und des Backwerks ein und sättigen sich daran. Durch die Menge geht eine Bewegung. Auf der Mittelgalerie treten Mönche vor, sie blasen auf riesigen Meeresmuscheln.

Weit ist das Meer, sagt Johann.

Ja, erwidert Johanna, aber wenn du eine Muschel ans Ohr hältst, glaubst du es zu hören. Früher einmal ist es, war es das Blut in deinem Ohr.

Ich bin blutlos, sagt Johann.

Was tut das? Erinnern wir uns nicht besser denn je an alles?

Du hast recht. Das Leben ist grausam. Es nimmt den

Menschen erst die Lust, dann den Sinn, endlich die Erinnerung. Alte Menschen sind leere Muscheln. Sie tönen erst im Rauschen der Ewigkeit.

Welch ein Glück, sagt Johanna, daß wir das Alter nicht erlebten! Gib acht, nun wird der Dalai Lama bald erscheinen!

Eine Querfront des Haupthofes wird von drei Galerien eingenommen, überall drängen Pilger und Mönche. Nur die mittlere ist scheinbar leer: sie ist von einem Vorhang verhüllt, aber dahinter sitzt, alle wissen es, der Gottkönig. Er beobachtet die Menge, ohne daß sie ihn sehen kann. Später wird man dann sein heiliges Gesicht karg enthüllen.

Eine Prozession von Mönchen. Sie tragen heilige Tempelgefäße. Aus größeren und kleineren Fäßchen steigt Weihrauch.

Und nun wird der gelbe Vorhang unter dem Schlagen der Trommeln, dem Blasen der Hörner einen Spalt breit weggezogen. Das allerheiligste Antlitz erscheint. Die Mönche und die Priester werfen sich zu Boden. Die Toten erschrecken, und mit ihnen Millionen anderer Toter. Sie können längere Zeit nicht sprechen. Dann sagt Johanna:

Aber das ist der Körper eines Toten!

Ja, erwidert Johann, es ist der tote Dalai Lama, der hier ausgestellt wird.

Johanna vergißt, den Duft der Mandarinen und Feigen einzuziehen:

Aber das ist ja ein Betrug!

Ein frommer Betrug, erwidert Johann, der weiter in der Welt herumgekommen ist. So etwas hat es zu allen Zeiten gegeben.

Aber warum?

Der frühere Dalai Lama, den du jetzt da sitzen siehst, er starb schon vor fünf Jahren. Er starb genau nach Vorschrift: sitzend, mit untergeschlagenen Beinen, Beine,

Hände mit der Innenseite im Schoß. So glich er dem Buddha, so war er auch noch im Sterben Amitabha. Als er das Bewußtsein verlor, wurde er gestützt und erstarrte in der heiligen Stellung.

Aber warum?

Das ist sehr einfach! Riesige Arbeiten am Potala waren noch nicht ausgeführt, und kein Arbeiter hätte eine einzige Hand gerührt, sie hätten alle auf den neuen Gottkönig gewartet, und es ist sehr ungewiß, ob der die Burg hätte vollenden lassen. Deshalb also der Betrug. Nun aber ist die Götterburg vollendet, und die großen Lama werden ihn nun endgültig sterben lassen, vielleicht noch heute, nach dem Neujahrsfest.

Johanna sagt, etwas verängstigt:

Und seine Seele?

Wahrscheinlich wartet sie im Körper auf die Wiederkehr.

Wie?

Er kehrt wieder in einem Kind. Er wird auf das Rad der Wiedergeburt geflochten. Er tritt ein in den Kreis.

Johanna schaudert zusammen. Der tote Gottkönig atmet den Duft des Buttertees ein — den köstlichen Tee kann er in seinem Zustand nicht mehr trinken. Die Pilger liegen vor ihm auf dem Bauch. Das Gedränge ist unbeschreiblich.

Johanna (sehr zögernd und nicht ganz logisch):

Jetzt weiß ich, was die Stimme von mir forderte, die sagte: Tritt ein in den Kreis!

Johann (lächelnd): Bist du nicht ein Mädchen?

Johanna (etwas irritiert): Warum fragst du das?

Johann: Oder etwa gar ein Inder?

Johanna (sehr bestimmt): Ich bin katholisch! Und aus Österreich! Aus Oberösterreich!

Johann: Siehst du! Nun begreife ich auch, was die Stimme zu mir sagte: Hindere! Löse! Achten soll ich auf dich, und ich werde verhindern, daß du dich in ein unsinniges indisches Abenteuer stürzt! Wir dürfen nicht getrennt werden! Einmal schon bist du mir verschwunden, und ich habe mich nach dir gesehnt, seit ich dich gesehen habe, damals, an der Mauer von Fischers Garten. Ich dachte oft an dich und deine geschickten Hände, und dachte: sie kehrt nicht wieder, nicht Ostern, nicht Dreifaltigkeit.

Johanna lächelt.

Kannst du endlich das Lied?

Einige Strophen sind mir geblieben.

Welche?

Dreifaltigkeit vergehet, nein, die weiß ich nicht mehr.

Dreifaltigkeit vergeht, Johann kehrt nicht zurück.

Und du kehrst nicht zurück, Johanna! Die Stimme wußte, wovor sie warnte: Nicht mehr kehrst du in den Kreis, nicht mehr wirst du auf das Rad geflochten, frei sollst du bleiben.

Johanna (starrköpfig): Und die Stimme?

Johann (scheint nicht auf sie zu hören): Und Marlborough?

Johanna: Er bleibt tot, in der Erde, in den Lüften, wie wir; nur im Kindermund kehrt er nicht zurück. Die Seele fliegt im Lorbeerbusch.

Johann: Ich wußte es ja! Du hast die Wiederkehr falsch verstanden. Wiederkehr ist nicht Wiedergeburt. Es ist Wiederkehr, wie wir sie üben. Der Kreis bedeutet: innigere Nähe. Wiedergeburt aber ist: nochmals auf die Erde, Leiden und Tod! Die Erde ist schön, aber sie verschlingt alles, was ihr vorgeworfen wird. Sie ist ein gefräßiges, schönes Tier! Komm mit mir! Setz dich zu mir in den Ahnenbaum!

Johanna: Komm du zu mir in den Lindenbaum, wenn du es kannst!

Johann: Welche botanische Verwirrung!

Johanna (unruhig): Adieu, Johann!

Bleib, Johanna! Ich kann das Lied noch nicht!

Du wirst es lernen. Andere Tote werden es dich lehren!

Du hast jetzt Zeit! Ein Lineal brauchst du nicht mehr zu fürchten. Sag mir nur eines: wo ist die Seele des toten Gottkönigs? Wirklich noch im Körper? Warum hat sich unsere Seele so rasch vom Körper getrennt?

Komm, ich zeige dir etwas! sagte Johann. Und etwas verweisend: Du bist sehr neugierig!

Sie eilen durch ein Labyrinth von Gängen, Stufen hinauf, hinunter, bis sie bei den Tschorten, den Grabkapellen der Dalai Lama, ankommen. Sie stürzen in die Kapelle. Flakkernde Butterlampen. Fahnen. Goldgefäße. Dunkelheit. Die Mönche bringen den Leichnam des Dalai Lama zurück. Er ist in gelbes Priestergewand gehüllt. Die Mönche stekken den toten Körper wieder in ein mit Salz gefülltes riesiges Gefäß, das dann wieder luftdicht abgeschlossen wird. Doch ist zu sehen, daß der Körper durch die vom frommen Betrug inszenierten Ausflüge stark gelitten hat.

Johann: Dort drinnen ist auch die Seele!

Johanna (stammelnd): O du Kleinod im Lotus!

Die Seele des Toten: Sie haben mich eingepökelt, ich bin verschrumpelt, die Adern meiner Seele sind von Salz erfüllt, die Zunge meiner Seele schmeckt Salz; mit Salz und Natron haben sie mich durchtränkt! Ich möchte fliehen, kann aber nicht mehr fliegen! In ein Kind möchte ich endlich kriechen, auch wenn es später eingesalzen werden sollte! Aber wird es mir auch gelingen? Das Fleisch meiner Seele ist zäh geworden!

Johanna (es gruselt ihr wie dem Mann, der auszog, das Fürchten zu lernen): Johann, ist diese Seele nicht mehr zu retten? Daß sie flöge wie der Sturmvogel!

Johann: Man müßte sie jahrhundertelang auslüften lassen. Vielleicht gibt es dann noch Rettung.

Johanna (plötzlich): Du hattest recht! Ich habe das Wort von der Wiederkehr falsch verstanden! Nun können wir sagen: Wir waren hier, wir waren Zeugen!

Johann: Ja, Zeugen. Die Hoggarberge, schwarz starrend, waren freundlicher. Hier ist das Land des tieferen Todes. Wir wollen in freundlichere Länder.

Johanna: Aber wie?

Johann: Auf telepathischen Wegen!

Johanna: Wie sind diese Wege?

Johann: Gut gepflastert. Der Moschusochse wird uns bald forttragen. Ich will einen zweiten Ochsen herzitieren, so haben wir es bequemer. Wir werden einmal im Ahnenbaum sitzen, in Tibestanien, oder im Lindenbaum, in Oberösterreich, und endlose Gespräche führen, zu denen wir bisher nicht gekommen sind. Afrika ist groß, es faßt viele, unendlich viele Gespräche. Und Oberösterreich ist fast so groß.

Da sagt Johanna:

Warum darf ich noch nicht zu dir? Ich möchte so gern — ich kann es noch nicht.

Die Seele des Toten: Ich beginne zu stinken wie mein Körper! (Sie bricht in eine für Lebende unhörbares Heulen aus. Die Toten stürzen aus dem Potala. Draußen wartet der Moschusochse geduldig. Neben ihm steht plötzlich ein Artgenosse, ein Moschusochse oder ein Yak. Die Toten schwingen sich auf die Tiere und reiten in Gedankenschnelle nach Süden, dem Himalaya zu, während der tote Dalai Lama hinter ihnen herheult).

Die Hügel, dann die Gebirge. Eis, Sturm. Sofort darauf die Stromebenen Indiens.

Was wirst du tun, Johann?

Ich werde auf dich warten. Wie dürres Laub werde ich rascheln. Und sie werden uns Datteln opfern und geröstete Hirse. Der Geruch ist angenehmer als der des Buttertees. Und du?

Ich werde meine Hände wärmen zu Allerseelen. Und zu Weihnachten nähre ich mich vom Duft der Lebkuchen.

Wann sehen wir uns wieder?

Es ist schon bestimmt.

Ja, ich weiß. Es war nur eine höfliche Frage. In dreihundert Jahren in Bogotá.

Johanna (seufzend): So lang?

Johann: Weißt du nicht, daß tausend Jahre wie ein Tag sind, der vergangen ist, und wie eine Nachtwache? Demnach sind dreihundert Jahre nicht einmal das Drittel eines Tages. Erwarte mich also morgen! Oder heute!

Warum in Bogotá?

Vielleicht auch in der Wüste Atacama.

Johanna sagt:

Hätten die Landschaften nur etwas mehr Vegetation!

Und Johann darauf:

Das kommt noch alles! Jetzt treiben wir uns im Dürren herum und erfahren es. Aber wir sinken und steigen. Schön bist du, Johanna!

Johanna (verschämt, aber erfreut): Und du ein Mann! Wäre es den Toten gestattet, sich . . .

Sprich nicht weiter! Wir kehren zurück, doch nicht in den Kreis der Wiedergeburten. Einmal werden wir zusammenwachsen und eins sein. Dann singen wir Kinderlieder.

Auch das von Marlborough?

Auch das.

Adieu, Johann!

Adieu, Johanna!

Behalte mich lieb! Denk an mich!

Immer denke ich an dich! Immer werde ich dich suchen!

Die Moschusochsen trennen sich über Ceylon. Mörderische Hitze, aber sie kann den Tieren nichts anhaben: ihr langes Fell ist offenbar eine Fiktion. Dennoch ziehen die Toten eine lange Spur nach sich, selbst für Lebende zu riechen: es duftet intensiv nach Moschus.

Eine helle Mädchenstimme singt:

Zieht aus die Rosenkleider
und golddurchwirkten Schuh'.

Eine Männerstimme, kräftiger Bariton, antwortet, schon sehr fern:

Die einen mit den Frauen,
die andren ganz allein!

Nun ist auf dem Dach der Welt nur mehr das Getöse der Lebenden zu hören. Es dröhnt schrillt und kreischt. Außerirdisches tritt hinzu, ein unangenehmer Lärm schwillt brüllend an und verdunkelt die Sonne: schau an, mehrere Sonnenfinsternisse, gegenwärtige, vergangene, zukünftige. Laßt uns also die Zungen herausstrecken und dann: Rette sich wer kann: OM MANI PADME HUM!

Hatte ich nicht das Gespräch zweier Toten im Ohr?

DIE GROSSE MAUER

Der Ochsenkarren quälte sich durch den Staub. Der Bauer saß auf seinem Brett, das über die Seitenleitern gelegt worden war und als Kutschbock dienen mochte; der Fremde lag hinten im Karren auf dem Rücken, hatte die Arme unter dem Kopf verschränkt und die Beine etwas hochgezogen. Manchmal starrte er auf seine Knie, dann wieder in den Himmel. Der schwere Leib des Ochsen schwang hin und her wie eine träge Glocke.

Dieser Ochse war ein schönes Tier, rotgefleckt, mit mächtigen Hörnern. Seine Augen, rund und sanft, waren von Fliegen umgeben, so daß er immer wieder den Kopf hochwarf, doch ohne jemals einzuhalten. Sein Gang war gleichmäßig, nur selten spürte der Fremde einen Ruck. Der Bauer schwang auch nie die Peitsche über dem Tier, er ließ es gehen, wie es wollte.

Von den Feldern her wurden sie von Bauern angerufen, die froh waren, ihre Arbeit unterbrechen zu können. Dann hielt der Karren; ein Gespräch begann, an dem der Fremde sich nie beteiligte, das er aber mit großer Geduld anhörte, scheinbar gleichgültig, als ginge ihn das alles nichts an. Nur wenn der Bauer sagte: Er will zur Großen Mauer, und dabei mit der Peitsche auf ihn deutete, wurde er ärgerlich. Ich will nicht zur Mauer, sagte er dann, was sollte ich dort tun? Hör auf mit diesem Geschwätz! Der Fuhrmann lachte nur darauf und trieb den Ochsen wieder an, dem lange Speichelfäden aus dem Maul rannen.

So ging das einige Male. Nicht nur die Behauptung, er wolle zur Mauer, mißfiel dem Reisenden; ihm mißfiel auch die breite, etwas fette Stimme des Bauern, den er über sich thronen sah: vor allem ein breites Hinterteil und einen breiten Rücken, dann und wann auch die wippende Peitsche. Um sich besser schützen zu können, stellte er zwei Bretter, auf denen er gelegen hatte und die der Bauer zu irgendeinem Zweck mitführte, an den Seitenlehnen auf.

Nun war er, wenigstens von der Seite her, nicht mehr zu sehen, nun hörte er nur mehr die erstaunten Stimmen der Älteren, die entzückten Schreie der Kinder, wenn der Bauer sagte: Er will zur Mauer!

Die Große Mauer war vielleicht noch eine halbe Tagesreise entfernt, vielleicht auch weniger. Der Fremde dachte an sie mit einer Mischung aus Spott und Angst, jetzt, da er vom Fuhrmann immer, wenn sie hielten, mit ihr in Zusammenhang gebracht wurde. Manchmal kam ein Ochsengespann ihnen entgegen, und die davorgespannten Ochsen hatten die mächtigen Hörner; es gab vielleicht in dieser Gegend nur diese eine Rasse. Die Karren waren fast immer leer, und immer, wenn die Gespanne nebeneinander hielten, begann der Bauer in einem fremden Dialekt zu reden und bekam Antwort in diesem Dialekt, so daß der Reisende nichts verstand. Er verstand aber wohl, daß man über ihn lachte, doch nahm er es nach einiger Zeit mit Gleichmut hin.

Diese Karren, drei oder vier im Lauf des Nachmittags, kamen alle von der Großen Mauer her. Was hatten sie dort zu tun? Warum kamen sie leer zurück? Man hatte von der Großen Mauer schon Abenteuerliches gehört: sie zog unübersehbar lang über Berg und Tal, schützte aber nicht mehr wie einmal vor den Mongolen, denn sie war an vielen Stellen eingebrochen, warum, das konnte man nur vermuten. Es gab Leute, die behaupteten, man habe oft schlechtes Baumaterial verwendet, luftgetrocknete Ziegel, manchmal seien auch die gröbsten Risse entstanden, weil unter dem Stein gewöhnlicher Lehm lag, doch war dieses Gerücht eher unglaublich. Wahrscheinlicher war, daß niemand mehr an die Gefahr vom Norden her glaubte, daß man vielleicht sogar meinte, die berühmten und gefürchteten Reiterhorden, die manchmal blitzschnell aus kleinen Gruppen zu Massen zusammenwachsen konnten, wie man aus der Vergangenheit wohl wußte — sie hätten sich aufgelöst. Ja, durch die Lücken hindurch sollte sich heimlich ein lebhafter Verkehr herüber hinüber ziehen, Waren, aber auch Menschen sollten geschmuggelt werden, und wieder war dies fast unglaublich, denn was hatten die Nordvölker denn anzubieten außer der sauren Stutenmilch, und wer auch wäre freiwillig in die großen Steppen hinausgezogen, hinaus aus dem Reich des Himmels, wo man sich so gut bewacht sah? Denn das Reich war das Spiegelbild göttlicher Ordnung, jeder wußte das, man lernte es in der Schule, und wer hätte es gewagt, die Lehren der Lehrer in Zweifel zu ziehen?

Die Sonne stand steil im Mittag, und der Fremde mußte weit unter das Brett rutschen, auf dem der Bauer saß. Der hatte einen breiten Strohhut auf dem gewaltigen geschorenen Schädel; der Fahrgast hingegen besaß nicht das geringste Gepäck; er besaß nicht einmal einen Hut, den er sich jetzt über das Gesicht hätte legen können. Der andere hatte ihm, als Fuhrlohn, nicht nur das ganze Geld abgenommen, sondern auch ein paar Kleinigkeiten, die er als Andenken auf dem Körper trug: so eine Halskette und eine Schnur, an der ein Halbedelstein hing. Die Fahrt war hoch überzahlt, aber, so sagte der Besitzer des Karrens, man müsse sich an das halten, was man bekommen könne, außerdem sei die Sache nicht ungefährlich, und der andere könne, wenn er wolle, ja zu Fuß gehen, nur möchte er ihm das nicht raten; der Weg sei lang, teilweise auch steinig; er werde seine Fußsohlen noch gut brauchen können, vielleicht auch die Ratschläge, nein, sicher sogar brauche er Ratschläge. Die Fahrtkosten jedenfalls kamen einer Bestechung gleich, das begriff der Fremde sofort, aber man hatte ihm diesen Mann empfohlen, und er begriff auch sofort, welche Dienste er ihm leisten konnte. Deshalb widersprach er nur noch schwach, wenn der Bauer wieder einmal sagte: Er will zur Mauer!

Es war heiß, und der Bauer griff nach einer Flasche; es war Reisschnaps. Er trank, wischte den Rand des Gefäßes mit dem Handballen ab und reichte die Flasche seinem Fahrgast. Der wußte nicht, welches Getränk es war; er hätte sich Wasser gewünscht, und wäre es auch nur lauwarmes Wasser gewesen, und so ließ er nur einige Tropfen auf die Zunge fallen, als er merkte, was es war. Sein Hirn mußte klar bleiben, er hatte noch viel vor. Als er die Flasche zurückgab, sagte der Bauer kopfschüttelnd: Du bist ein Narr! Der Fremde gab darauf keine Antwort; er fragte nicht, weshalb der Fuhrmann ihn für einen Narren hielt, er nahm es einfach hin, wischte sich den Schweiß aus dem Gesicht und stieß pfeifend die Luft aus.

Bis zur Nacht ist es noch weit, sagte der Bauer.

Keine Antwort.

Immer wieder versuchen schlechte Menschen, das Reich des Himmels zu verlassen, fing der Bauer wieder an. Was sage ich schlecht? Sie sind böse, sie verdienen ihr Schicksal.

Der andere schwieg.

Manchmal kamen ihnen Menschen entgegen, die wohl auf den Feldern gearbeitet hatten, Männer und Frauen, Schaufeln und Harken geschultert, und ihre Gesichter heiterten sich auf, wenn sie den Karren sahen. Die eine oder andere Frau hatte ein Kleinkind oder gar einen Säugling auf den Rücken gebunden; die Kinder waren lautlos, der Fremde hörte kein einziges weinen. Wohin gingen diese Menschen alle? Sie waren auf ihrer Fahrt durch kein Dorf gekommen, und nicht ein Haus stand am Wegesrand.

Als sie wieder eine Weile schweigend gefahren waren — der Ochse schien unermüdlich zu sein, und der Fremde sah wohl, daß er allein diesen Weg nie hätte schaffen können —, da sagte der Bauer wieder:

Diese Menschen! Wenn sie bei Anbruch der Nacht die Große Mauer erreicht haben und sie finden eine Lücke, dann glauben sie, ihre Flucht sei geglückt. Aber ich kenne nicht einen, dem die Flucht geglückt wäre. Die Große Mauer zieht so verwinkelt über die Berge, daß keiner genau weiß, wo innen, wo außen ist.

Der Fremde lächelte etwas gequält:

Was redest du so viel daher, das ist doch alles Geschwätz! Du denkst immer an die Mauer. Was geht sie mich an? Ich will nicht hinaus. Ich habe bisher im Reich des Himmels gelebt, und was sollte ich da bei den Mongolen? Kannst du mir das sagen? Ist man nicht mit Recht der Meinung, sie seien Barbaren? Wenn ich so denke: Stutenmilch und der Ritt über die Steppe, ich, der ich für Pferde und das Leben in Jurten so gar nichts übrig habe, auch wenn die Zelte innen mit prächtigen Teppichen geschmückt sein sollten? Aber freilich werden sie das nötig haben, denn der Wind, der über die Steppe daherkommt, soll fast immer eisig kalt sein. Und sollte ich vielleicht den Glauben meiner Väter aufgeben und ihren Glauben annehmen? Schamanen tanzen dort vor den Hütten, bis sie betäubt zur Erde fallen. Und es riecht ekelhaft nach stark vergorener Milch. Niemand glaubt dort an den Sohn des Himmels. Ihre Musik ist scheußlich, sie trommeln und rasseln mit großen Becken. Nennst du das Musik? Neinnein, ich bin in der Hauptstadt des Himmels geboren, dort will ich auch sterben.

Der Bauer lachte fett und listig:

Siehst du, so reden sie alle, die ich gefahren habe. Glaubst du denn, du bist der erste? Sie alle wollen hinaus, hinaus in das, was sie ›Freiheit‹ nennen. Und ein paar Tage darauf sehe ich ihre Köpfe an langen Stangen am Tempeltor. Dann bleibe ich stehen und betrachte sie mir aufmerksam und lang, denn oft sind die Züge nur schwer wiederzuerkennen, so verzerrt sind sie vor Todesangst und so blutverschmiert. Wirst du der erste sein, dem die Flucht gelingt?

Aber ich sage dir doch, schrie der Fremde und setzte sich

auf, daß die Sonne ihn voll traf, ich will nicht flüchten! Du redest nun schon so oft von der Großen Mauer, daß man meinen könnte, du wolltest hinaus!

Und wo sollte ich den Ochsen lassen? fragte der Bauer scheinbar pfiffig. Meinst du, der ginge über Steintrümmer und durch den Fluß? Er braucht gebahnte Wege, es muß eben dahingehen.

Wer flüchten will, läßt alles zurück, erwiderte der Fremde.

Das ist wahr, sagte der Bauer, du hast ja auch alles hinter dir gelassen. Du hast kein Eigentum mehr. Du bist leicht.

Der Fahrgast dachte eine Weile nach und sagte dann ruhig:

Ich bin auf der Fahrt zu meinem verehrenswürdigen Verwandten, dem Bruder meiner Mutter. Du siehst also, daß du mich vergebens in eine Flucht zu drängen versuchst, an die ich auch nicht im Traum gedacht habe.

Das sagen sie alle, die mit mir gefahren sind, erwiderte der Karrenführer, sie alle besuchen einen verehrenswürdigen Verwandten, und immer ist es der Bruder der Mutter. Sie haben allesamt keine Phantasie. Könnte es nicht einmal der Bruder des Vaters sein, oder gar ein Großvater? Ich sehe schon, du bist von derselben Sorte wie die anderen. Aber ich habe dich gewarnt. Ich fühle mich hingezogen zu dir, warum, das weiß ich selber nicht. Vielleicht hast du ein hübsches Gesicht. Ich möchte deinen Kopf nicht am Tempeltor sehen. Wenn deine letzte Stunde gekommen ist, dann sage nicht: Niemand hat mich gewarnt! Daran liegt es nicht. Es liegt daran, daß du die Warnungen nicht beachtet hast. Da, trink!

Aber der Fremde wehrte ab. Der Bauer zuckte mit den Achseln. Nach langer Zeit, in der nichts zu hören war als das Mahlen der Räder, das Schnauben des Ochsen, sehr selten, sehr sanft, und einmal auch ein heiserer Schrei, den der Fremde nicht enträtseln konnte — denn der Schrei war nicht wie der eines Menschen, er kam von oben, doch war es kein Vogelschrei —, nach dieser Zeit sagte der Bauer, als führte er ein Selbstgespräch und als wäre er allein:

Oft hat es mich gewundert, warum niemand versucht, nach Süden zu entkommen. Freilich sind dort die großen Urwälder, die reißenden Ströme, die hohen Berge. Es mag leichter sein, über die Mauer zu flüchten, zumindest bilden sich das alle ein. Und warum nicht über das Meer? Die Fischerboote fahren jede Nacht aus, sie kehren jeden Morgen zurück. Gibt es vielleicht Fluchtboote? Das habe ich mich schon oft gefragt, aber ich habe darauf keine Antwort gefunden.

Sehr langsam verging die Zeit, langsam wie der Gang des Ochsen, eintönig wie das Knirschen der Räder, wie das Rücken der Sonne. Der Fremde wurde schläfrig, aber er wagte nicht zu schlafen. Aus dem Sonnenstand las er die Richtung ab, in die der Bauer ihn führte. So sehr er auch wach bleiben wollte und so sehr er auch seinen Willen anspannte — der Schlaf kam über ihn. Wohin führt er mich? dachte er noch, dann sank er in die Tiefe. Später träumte er verworrenes Zeug, Winkelwerk tat sich vor ihm auf, er tappte in Fallen, er wußte, daß er auf einem Karren fuhr und wußte es gleichzeitig nicht. Er träumte lebhaft und in Farben, was er nur selten erlebte. Wenn er sich sonst an Träume erinnerte, war alles grau; nun aber sah er deutlich den gelben Lehm der Mauer, die rote Erde, das Braun der Hügel, die von der Sonne verbrannt waren. Er glaubte, reden zu hören, verstand aber nicht ein Wort. Dann waren es Zurufe, ein Hallen, ein Getöse, davon erwachte er. Er wußte nicht, wie lang er geschlafen hatte. Waren es nur Augenblicke, war es länger gewesen?

Der Bauer schwieg. Sie kamen zu einem großen Baum, der Bauer hielt den Karren im Schatten an. Hatte er bemerkt, daß der Fremde geschlafen hatte? Der war nun hungrig und durstig, doch war der Durst quälender. Ohne daß er etwas gesagt hätte, fing der Bauer plötzlich an: Wir kommen nach einer kurzen Wegstrecke zu einer Quelle, dort kannst du trinken und ich gebe dir ein Stück Brot. Jetzt müßtest du das Brot hinunterwürgen. Und er trieb den Ochsen wieder an.

Bei der Quelle tranken und aßen sie. Der Ochse weidete im spärlichen Gras.

Er ist noch stark, sagte der Bauer, er geht einen ganzen Tag durch. Manchmal reite ich auch auf ihm. Er ist geduldig, ein Kind könnte ihn führen. Aber man muß das Zukünftige bedenken. Wenn er einmal schwach werden sollte, dann wird er geschlachtet. Ich kann es mir nicht leisten, einen unnützen Fresser weiter zu füttern.

Der Fremde sah dem Ochsen nach, der friedlich, den Karren nachschleppend, weidete.

Arbeiten, alt werden, und dann zum Schlächter, sagte er.

Es ist unser aller Schicksal, erwiderte der Bauer.

Wieder zähes Schweigen.

Hier in der Gegend, fing der Bauer dann wieder an, gibt es kaum Menschen. Man will sie hier nicht haben. Hier darf kein Mensch siedeln. Wo lebt denn der verehrenswürdige Bruder deiner Mutter?

Der Fremde zeigte unwillig nach einer Richtung, vielleicht nach Nordost, aber der Bauer achtete gar nicht auf diese Handbewegung. Er sagte nur: Vor der Mauer, unmittelbar davor, da nehmen die Menschen wieder zu. Aber es sind keine Siedler, sondern Soldaten. Der Bruder deiner Mutter, von dem du mir da erzählst, kann keine hochgestellte Persönlichkeit sein, kein Mandarin, sonst würde er hier nicht leben.

Er ist der Kommandant dieses Abschnittes, sagte der Fremde, und ich hoffe, du weißt jetzt Bescheid.

Der Kommandant?

Ja. Ich wußte selber lang nichts von ihm. Im Haus redete man nicht darüber. Ich glaube, damals war er noch nicht Kommandant. Ich glaube, ihn als Kind einmal gesehen zu haben. Ich war im Garten und wollte einen Vogel fangen, da stand plötzlich ein Mann in Uniform vor mir. Er fragte mich, wie ich hieße. Aber ich konnte ihm meinen Namen nicht sagen, denn in diesem Augenblick kam meine Mutter aus dem Haus. Sie lachte und weinte zugleich. Es war lächerlich anzusehen. Sie führte den Mann ins Haus, wo ihn mein Vater erwartete. Als ich nachkam, sagten die Eltern zu mir, ich solle in den Garten gehen. Es gelang mir nicht, den Vogel zu fangen, meine Gedanken waren anderswo. Ich wunderte mich über den Fremden, der so gut aufgenommen wurde. Ich weiß nicht mehr, wie lang er blieb, was er mit meinen Eltern sprach. Ich erinnere mich auch nicht daran, daß er wegging. Es war, als habe sich die Erde aufgetan und ihn verschluckt. Später sagten die Eltern mir, das sei der Bruder meiner Mutter gewesen. Ich versuchte dann, ihn mir in Erinnerung zu rufen, es gelang nicht. Wohl aber erinnere ich mich an den Vogel, den ich fangen wollte. Es war ein Vogel mit stahlblau schillerndem Gefieder. Ist das nicht merkwürdig?

Erzähle weiter!

Da ist nicht mehr viel zu erzählen, sagte der Fremde, denn mein verehrenswürdiger Verwandter kam nicht wieder. Ich glaube, der Dienst ließ ihm keine Zeit. Er war mir fremd, und ich vergaß ihn langsam. Aber er hat mich nicht vergessen. Als meine Eltern starben, zuerst die Mutter, dann bald darauf der Vater, und ich allein im Haus war, da kam eines Tages, nach zwei Monaten vielleicht, die Nachricht, ich solle mich auf den Weg machen, den Weg nach Norden, und der Bruder meiner Mutter erwarte mich. Und mir wurde gesagt, er sei Kommandant eines Abschnittes an der Großen Mauer, und er wünsche mich in seiner Nähe zu haben. Ich war traurig gewesen, das kannst du dir vorstellen, nun war ich sehr stolz. So machte ich mich auf den Weg.

Wer brachte die Nachricht? fragte der Bauer.

Ein Bauer wie du, nur war er kleiner, und sein Zopf schütterer und kürzer.

Der Bauer dachte nach, dann sagte er:

Du erzählst deine Geschichte so gut, daß man glauben könnte, sie sei wahr.

Sie ist wahr, und du kannst mir endlich glauben.

Der Bauer holte den Ochsen wieder ein und sagte nur: Steig auf! Aber er sagte es um eine Spur höflicher.

In der Tat wurden Menschen immer seltener, und Siedler schien es nicht mehr zu geben. Die Äcker lagen verwüstet, das Unkraut wucherte dicht auf den Feldern. Es war ein Jammer, sie anzusehen. Einmal war in der Ferne ein Mensch zu sehen, aber es war nicht auszumachen, ob es ein Soldat war. Ein Siedler war es ganz sicher nicht. Der Weg drehte sich etwas, die Sonne drehte sich. Sie stand nicht mehr so hoch, brannte aber noch immer.

Dieser Tag wird mir in Erinnerung bleiben, dachte der Fremde. Er will nicht vergehen. Es ist so, als sei ich krank. Ich sehne die Nacht herbei, den Schlaf herbei, aber die Zeit dehnt sich aus. Ich glaubte, sie in zwei Händen halten zu können, und nun erfüllt sie den ganzen Horizont, von Norden bis Süden.

Einmal glaubte er, im Süden einen Punkt zu erkennen. Er wuchs zu einem Knäuel an. Vielleicht, dachte der Fremde, werden meine Phantasien wahr. Vielleicht habe ich auch nur Fieber. Vielleicht aber ist es die anwachsende Zeit, die auf mich zukommt.

Aber es war nicht die Zeit, es war ein herantrabender Hund, der sich aus dem Knäuel schälte. Ein gelber struppiger Hund, häßlich, mit plumpem Körper und viel zu spitzer

Schnauze. Als er beim Wagen angekommen war, sah er erwartungsvoll hinauf. Er hatte sehr schöne tiefbraune Augen.

Ich habe nichts, sagte der Fremde.

Der Hund schien schon dankbar dafür zu sein, daß er angesprochen wurde. Er war ganz Freundlichkeit, ganz Schwanz.

Ist es der Hund? fragte der Bauer, ohne sich umzudrehen.

Ja, sagte der Fremde, ein gelber Hund mit sehr schönen Augen.

Und sein Kopf steht in einem lächerlichen Mißverhältnis zu seinem Körper? Nun, ich habe mich schon gewundert, wo er heute bleibt.

Er scheint hungrig zu sein, sagte der Fremde, den der Hund beunruhigte. Man muß ihm etwas geben, sonst werden wir ihn nicht los.

Er weiß genau, sagte der Bauer, daß er von mir nichts zu erwarten hat. Er ist immer hungrig. Aber es wäre völlig verkehrt, ihm etwas zu geben. Dann nämlich werden wir ihn nicht mehr los. Paß nur auf: es wird ihm zu dumm werden, und er wird verschwinden.

Tatsächlich verschwand der Hund bald, er rannte quer über die Felder und war bald im Unkraut verschwunden. Doch konnte der Fremde lang nicht die schönen Augen vergessen.

Ich weiß mit Hunden umzugehen, sagte der Bauer befriedigt. Du kannst das nicht, und doch wäre nichts nötiger als das für dich. Du wirst es noch erfahren.

Der Fremde fragte nicht, was der andere meinte.

Wie willst du wissen, fragte der Bauer plötzlich, ob wir auch nach Norden fahren?

Ich sehe es an der Sonne.

Wie aber, wenn die Sonne untergegangen ist? Wenn dir

auch kein lichter Streifen im Westen mehr sagt, wo Westen ist?

Ich erkenne es an den Sternen.

Verlaß dich nicht zu sehr darauf. Zwar zweifle ich nicht daran, daß du die Sternbilder kennst. Du wirst das Deichnetz kennen und die Spreu, das Netz, den Ochsen und die Sandale. Und du wirst die Laube des Kaisers kennen und das Haar seiner Geliebten. Und wohl auch den Krieger mit dem Schwert im Gürtel. Ja, du wirst sogar den Stern anzugeben wissen, um den sich alles dreht, den Stern des Nordens, den andere Stern des verborgenen Kaisers nennen. Um ihn kreist alles, der Hof, die Höflinge, die Soldaten und die Bauern. Was auf Erden vorgehen soll, ist im Himmel längst bestimmt. Wir sind das Spiegelbild des Himmels. Und doch sage ich dir, vertraue den Sternen nicht allzusehr. Jede Wolke bedeckt sie, verbirgt sie deinen Blicken.

Warum erzählst du mir das alles?

Man muß die Richtung kennen, in die man gehen will, sagte der Bauer. Wenn du auf einen Baum treffen sollst, und der Himmel ist bedeckt, dann befühle die Baumrinde. Manchmal wächst Moos darauf. Dann weißt du genau, wo Norden ist.

Ich kann es dir nicht austreiben, sagte der Fremde, etwas müde geworden, du hältst mich für einen, der flüchten will, und glaubst nicht die Geschichte von meinem verehrenswürdigen Verwandten.

Ich meine es gut mit dir, sagte der Bauer nach langem Schweigen, und darum sage ich dir noch folgendes: Bei den Soldaten, die dich erwarten, gibt es besondere Truppen, die mit Hunden ausgerüstet sind. Aber diese Hunde sind anders als unser gelber Freund. Sie sind groß und scharf, doch dürfen sie nicht bellen, sie sind so abgerichtet, der Flüchtende soll nur ahnen, daß sie ihn eingekreist haben.

Sie tragen an einem Halsband Glöckchen mit einem sehr feinen, kaum hörbaren silbernen Ton. Aber was erzähle ich dir das, dem Neffen eines verehrenswürdigen Kommandanten?

Es sind silberne Glöckchen, sagte der Fremde mit unbewegtem Gesicht, deshalb geben sie diesen feinen Ton. Auch die Halsbänder sind mit Silber beschlagen, und in jedem ist der Name des Hundes eingraviert, der es trägt.

Ich sehe, du kennst dich aus, sagte der Bauer.

Er trieb den Ochsen an.

Freiheit, sagte er dann, wie sie wohl schmecken mag?

Der Fremde antwortete darauf nicht.

Ich stelle mir vor, sagte der Bauer hartnäckig, sie muß etwas Gewaltiges sein! Warum sonst so viele abgeschlagene Köpfe am Tempeltor?

Ich weiß es nicht, sagte der Fremde, und ich will es auch nicht wissen, wie deine Freiheit schmeckt.

Je länger die Schatten wurden, um so länger wurde ihr Schweigen. Manchmal schien es unerträglich zu werden, aber da war der Lärm des Karrens, das Quietschen der Räder. Der Fremde merkte wohl: es gab dem anderen keine Ruhe, er wollte wissen, was es mit dem Fahrgast auf sich habe. Er begann zu pfeifen.

Der Bauer unterbrach ihn:

Alle pfeifen sie, sagte er geringschätzig, und sie pfeifen aus Angst. Sie sind wie Kinder, die des Nachts durch den Wald gehen. Sie wollen sich Mut machen. Wie können sie es wagen, diese gefährliche Flucht zu unternehmen, wenn sie Furcht haben? Gerade ihre Angst verrät sie. Warum benimmst du dich nicht anders als alle vor dir? Ich bin von dir enttäuscht.

Ich weiß nicht, wie die anderen sich benommen haben, sagte der Fremde, wieder nach langem Schweigen. Wie könnte ich es auch wissen? Bin ich mit ihnen gefahren? Du wirst es wissen, aber du weißt nicht, weshalb ich pfeife. Ich will mir die Zeit vertreiben. Sie ist übermäßig ausgedehnt, ich sehe ihre Ufer nicht mehr. Ist es noch weit bis zur Furt?

Keine Stunde mehr, sagte der Ochsentreiber, der nun abgestiegen war und der neben dem Tier ging. Auch der Fremde stieg ab, und beide gingen nun, der Bauer links, der Fremde rechts, neben den mächtigen Hörnern. Der Fremde faßte das Horn an:

Es ist unglaublich groß, sagte er.

Ja, erwiderte der Ochsentreiber, es ist eine gute Rasse und eine gute Zucht. Drunten im Süden haben sie kleinere Tiere, ich habe sie einmal auf einer großen Fahrt gesehen, aber sie sind nicht die Hälfte wert.

Was hast du im Süden getan? fragte der Fremde. Wolltest du vielleicht flüchten?

Der Bauer lachte fett, doch gutmütig:

Dichte mir nichts an, sagte er, was du im Kopf hast. Ich bin ein Bauer und Fuhrmann, ich betreibe meine Geschäfte im ganzen Reich, und wer mich gut bezahlt, der kann mich haben, für ihn fahre ich überall hin, freilich nur, wenn es erlaubt ist.

Und deine Fahrten nach Norden sind erlaubt?

Man wird darum wissen, sonst hätte man es mir längst verboten, und ich hätte meine Stockstreiche einstecken müssen.

Der Fremde sah, wie gleichmäßig der Ochse ging, wie der Speichel aus seinem Maul floß, und er versuchte, die Fliegen zu verscheuchen. Aber es war nutzlos; sie kamen immer wieder.

Langsam wurde das Land hügelig, die Straße glich manchmal einer Schlucht, und es wurde kühler.

Was ist das für ein weißer Stein? fragte der Fremde und deutete auf einen weißen Fleck, der in einiger Entfernung auf dem Abhang eines Hügels lag.

Das ist kein Stein, das ist ein Brustkorb, das Stück eines Skeletts, war die Antwort.

Aber das kann man von hier aus doch nicht sehen, sagte der Fremde. Ich habe gute Augen, und ich müßte es erkennen.

Nein, man sieht von hier aus nur einen unbestimmten Fleck. Aber ich hielt einmal hier an, weil mich die Neugier gepackt hatte, und stieg den Abhang hinauf. Es wunderte mich, daß dieser Stein so weiß war — das Gestein hier ist rötlich, manchmal auch tiefrot. Als ich näherkam, sah ich, was es war. Da war ich zufrieden. Damals stand das Gras etwas höher als heute.

Aus der Ferne, vor ihnen, stieg Rauch hoch.

Dort müssen Menschen sein!

Mag sein, sagte der Bauer. Einmal sah ich hier eine rauchende Wand, und sah auch Flammen im Rauch. Es könnte sein, daß Soldaten das Buschwerk angezündet haben, um vor der Mauer einen weiten offenen Raum zu schaffen. Es kann aber auch sein, daß sich das Buschwerk in der Trockenheit selber entzündet hat. So etwas kann man nie genau wissen.

Dann kamen sie an einen kleinen reißenden Fluß. Lehmbraune Fluten stürzten in einem tiefen Bett talwärts. Die Sonne ging unter.

Wir sind angekommen, sagte der Bauer, du hast mich bezahlt, und ich habe dich gefahren. Keiner ist dem anderen etwas schuldig. Ich könnte sofort umkehren. Doch gebe ich dir noch einen Rat: warte hier, bis es völlig dunkel geworden ist.

Warum? fragte der Fremde etwas unbedacht.

Vielleicht entdecken sie dich nicht so rasch und hetzen nicht die Hunde auf dich, du weißt, die mit den silbernen Glöckchen.

Du bist und bleibst ein Dummkopf, sagte der Fremde

rasch. Wird ein verehrenswürdiger Verwandter, dem dieser ganze Abschnitt untersteht, die Hunde auf mich hetzen lassen? Wo hast du schon einmal so etwas gehört? Er wird mich mit offenen Armen aufnehmen.

Ich wundere mich, daß er dir keine Begleitmannschaft entgegenschickt, sagte der Bauer freundlich, das wäre doch das mindeste. Aber wie auch immer: wir sehen uns wieder. Du weißt dann freilich nichts mehr davon. Ich will mir deine Züge fest einprägen, und werde zu mir dann am Tempeltor sagen: So und so ist er gewesen. Er hatte ein hübsches Gesicht. Das dort oben, es sind nicht mehr seine Züge.

Der Fremde überlegte, was er antworten sollte, und kraulte die Stirn des Ochsen. Der Bauer sagte:

Du bist ein Narr, aber ich habe dich während des Tages lieb gewonnen. Willst du deine Halskette haben? Brauchst du Geld?

Nein, antwortete der andere, im Haus meines verehrenswürdigen Verwandten brauche ich kein Geld, und er wird mir Halsketten schenken, viele, die alle hundertmal schöner sind als die, welche ich dir geben konnte.

So höre und behalte es gut! Hast du den Fluß überquert — und dabei werde ich dir noch helfen —, so verstecke dich hinter Gebüsch, bis es finster geworden ist. Dann kannst du vorsichtig auf die Mauer losmarschieren. Tritt nicht auf dürre Zweige, streife nicht an das Laub, mache deine Schritte unhörbar. Orientiere dich nach dem Sternbild, das man ›Bild des Verborgenen Kaisers‹ nennt. Genau in dieser Richtung findest du eine große Lücke. Kein Mensch wird dir begegnen. Du wirst entdecken, daß alle Geschichten und Gerüchte über Waren- oder Menschenschmuggel nur Lügen sind, und niemand weiß, wer sie in die Welt gesetzt hat, doch ist es mit Absicht geschehen, daran besteht kein Zweifel. Hast du die Mauer hinter dir, dann wende dich nicht nach links. Geh zuerst ein Stück geradeaus, so an die fünfhundert Schritte, und dann scharf nach rechts. Dort stößt du auf einen Hügel, darauf steht ein alter, halb verfallener Wachturm, aber du hast nichts zu befürchten, er ist nicht besetzt. Steig den Hügel hinauf, hüte dich aber, daß jemand deine Gestalt im Mondlicht sieht. Auf der anderen Seite des Hügels stößt du wieder auf einen kleinen Fluß, aber er ist nicht reißend wie dieser hier, du kommst leicht durch. Hinter dem Fluß steht ein Wald. Erst im Wald bist du sicher.

Der Fremde sagte um einen Ton zu scharf:

Ich sehe seit langem, daß ich dir deine Meinung, ich sei ein Flüchtling, nicht austreiben kann. Ich will die Furt überqueren, und deine Hilfe nehme ich dankbar an. Doch will ich das Reich des Himmels nicht verlassen, wie du dir denkst. Habe ich den Fluß überquert, dann gehe ich an seinem Ufer entlang. Kurz vor Mitternacht bin ich dann im Lager meines verehrenswürdigen Verwandten.

Sie standen einander gegenüber.

Geh jetzt über die Furt, sagte der Bauer. So lang warte ich noch.

Und du wirst dann umdrehen und heimkehren, antwortete der Fremde. Dein Weib wird auf dich warten.

Über ihnen kreiste, im schwachen Licht, ein großer Vogel.

Der kennt sich aus, sagte der Bauer, der wartet auf deinen kopflosen Körper.

Oder auf deinen Ochsen und dich!

Der Bauer sah ihn scharf an, aber seine Züge entspannten sich, er murmelte, doch so, daß der Gast es hören mußte:

Wie wohl die Freiheit schmecken mag?

Der Fremde ging langsam durch die Furt; der Bauer winkte ihn nach links oder rechts. Er schien die Furt genau zu kennen. Zurufen konnte er ihm nichts mehr; dazu war das Getöse des talwärts schießenden Wassers zu groß. Es floß unglaublich mächtig daher, und der Fremde fürchtete schon, es könne einen Baumstamm gegen ihn schleudern. Ich begreife das nicht, dachte er, haben wir denn nicht Sommer, fehlt nicht der Regen, warten die Bauern nicht schon auf die ersten Tropfen, blicken sie nicht seufzend auf den gesprungenen Boden ihrer Felder? Woher dann das viele Wasser? Ist es eine künstliche Anlage? Aber ich will nicht fragen, ich muß durch!

Er mußte sich gegen die Fluten stemmen, das Wasser ging ihm bis zu den Hüften. Manchmal ruderte er auch heftig, um das Gleichgewicht zu bewahren. Hatte er etwas festeren Stand gefaßt, dann sah er sich um, nach den Zeichen des Bauern.

Als er glücklich an Land gekommen war, da rief ihm der Bauer noch etwas zu, aber es war nicht mehr zu verstehen, was er sagte. Der Bauer führte den Ochsen im Halbkreis herum, legte sich nun auf den Karren, und der Ochse trottete los, hinein in die sinkende Nacht.

Als das Gefährt verschwunden war, versteckte sich der Fremde, bis es völlig finster geworden war. Dann ging er flackernden Sternbildern nach und war sicher, in der Richtung zu marschieren, wie er das wollte. Und er ging so lang, bis er an die riesige, aber halbverfallene Mauer kam. Die ersten hundert Schritte vom Fluß her waren leicht gewesen, der Lärm des Wassers übertönte alles, aber je weiter er sich vom Fluß entfernte, um so vorsichtiger mußte er gehen. Über dem Weg lagen, wie bei einer Falle, eine Menge von dürren Ästen und Zweigen, und er konnte nicht allen ausweichen. Durch die Mauer hingegen kam er leicht. Er kletterte über große Steine; zwischen ihnen wuchsen schon große Bäume, ein gutes Zeichen. Nicht nur die Geschichten vom Menschenschmuggel waren wahrscheinlich Lügen, sondern auch die Erzählung des Bauern von den Soldaten mit ihren Hunden. Er ging erst, entgegen dem Ratschlag des Bauern, nach links, denn er traute ihm immer noch nicht, stieß dabei aber bald auf eine Mauer, die von der Hauptmauer abzweigte, soweit man das sehen konnte. Erst so belehrt, ging er geradeaus, und dann nach rechts, bis er den Hügel erkannte. Der Hügel war mit stark duftendem, fast betäubendem Kraut bewachsen. Der Fremde wartete, bis eine große Wolke den Mond verhüllte, und stieg dann vorsichtig hinauf. Oben duckte er sich. Er sah unter sich den Fluß, dahinter stand schwarz und unbeweglich der Wald. Es stimmte alles. Nur schien ihm, als hätte man an dieser Stelle noch ein Außenfort erbaut, denn er durchquerte nochmals eine Lücke in einer Mauer am Fuß des Hügels. Davon hatte ihm der Bauer nichts erzählt. Allerdings war diese Mauer viel niedriger als die Große Chinesische Mauer, und ihr Zweck war nicht recht einzusehen.

So kam er ungehindert an den Fluß. Er konnte es nicht fassen. Es war nicht Freude in ihm, dazu war die Anspannung, war die Anstrengung viel zu groß gewesen. Es war eher eine Art des Unglaubens. Der Fluß, durch den er nun ging, war in der Tat seicht, der Untergrund etwas locker, er mußte also aufpassen, aber er kam gut durch, und das Wasser stieg nie über seine Knie. Dann zog er sich an ein paar Zweigen hoch. Mit wenigen Schritten war er im Wald. Die Orientierung war hier etwas schwieriger, aber immer wieder konnte er den Stern des Verborgenen Kaisers sehen, der ihm die Richtung wies, und immer wieder kam er auf eine Lichtung, wo der Mond, der dann alle Sterne seiner Umgebung einsog, ihm verschiedene Bäume, Sträucher und Blumen zeigte.

So stand er einmal und sah in den Himmel, doch verwirrten sich die Sternbilder vor ihm, und Freude sickerte zuerst und strömte dann so mächtig in ihn, daß er sich Gewalt antun mußte, um nicht zu schreien. Obwohl er wußte, daß niemand seinen Schrei gehört hätte, preßte er ihn doch zurück: so lang war die Furcht auf ihm gehockt, man könne sein Vorhaben auskundschaften, man könne erfahren, was er wirklich vorhatte. War nicht schon der Bauer lästig und frech gewesen, hatte er ihn nicht gezwungen, einen verehrenswürdigen Verwandten zu erfinden und ihn zum Kommandanten des hinter ihm liegenden Abschnittes zu machen? Der Fremde fiel nun, mitten auf einer Lichtung, auf die Knie und dann auf die Stirn. Er küßte den Boden der Freiheit. Dann hob er den Kopf.

Vor sich, keine Armlänge entfernt, sah er eine kleine Glockenblume. Er hatte diese Art im Reich des Himmels nie gesehen. Vielleicht wuchs sie nur außerhalb der Großen Mauer. Erst jetzt spürte er, daß der Boden, auf dem er lag, naß war, schmutzig. Die Freiheit schmeckte nach Erde. Etwas Wind kam auf, die Bäume seufzten. Die Glockenblume bewegte sich, er glaubte ein silbernes Läuten zu hören. Sein Atem ging schneller. Er hörte ein Keuchen. War er es selber, der da keuchte, oder kam das Keuchen aus vielen Kehlen? Angstvoll preßte er sich gegen den Boden. War er noch immer im Reich des Himmels? War er betrogen worden? Wieder hob er den Kopf. Die Sternbilder waren verschwunden, die Wolken geballt. Er horchte.

DAS KREIDFEUER

Als er den Landesteg betrat, wußte er schon nicht mehr, weshalb er hierher gefahren war. Es war eine Laune gewesen, er glaubte die Folgen zu kennen. Er hatte in der Hafenstadt von der Insel gehört, in einer Schenke, wo man über die Bewohner lachte, sie auch verspottete, in Ausdrücken, deren Sinn ihm nicht immer ganz klar war. Es seien Irre, sagten sie, und er, der von den Verständigen Vernünftigen dieser Welt, aber ganz besonders dieser schmierigen Stadt genug hatte, beschloß, sich einige Zeit freiwillig in diesem Narrenkäfig, wie sie es nannten, aufzuhalten. Nun war er sehr verlegen, als er über die wippenden Bretter ging, mit einem kleinen Bündel in der Hand.

Er kam mit einem Paketboot, die Ladung bestand fast ganz aus Lebensmitteln und Waren, wie man sie täglich braucht, von Töpfen und Küchengeschirr angefangen. Der Kapitän hätte während der Fahrt für sein Leben gern gewußt, was er auf dieser kleinen Insel wollte; er entzog sich geschickt aller Fragerei.

Die Überfahrt war sonst klaglos verlaufen. Er liebte zwar das Meer nicht, es war groß und eintönig, wie ihm schien, aber da immer Inseln und Inselchen auftauchten, und sie manchmal so nahe an ihnen vorbeifuhren, daß er Einzelheiten erkennen konnte, den einen oder anderen Baum, oder steil abfallende Klippen, gegen die das Meer rannte, einmal sogar eine Wolke von Vögeln, die mit großem Geschrei aufstiegen, um gleich wieder in die Klippen einzufallen, schien ihm die Fahrt abwechslungsreich; er bereute sie nicht.

Er war der einzige Passagier, das hatte ihn schon gewundert, als er im Hafen auf das Dampfboot gestiegen war. Als sie nun ankamen, da war der Landeplatz voll von Menschen, die ganze Bevölkerung der Insel, so an die hundert Menschen, Greise, Männer, Frauen, sie alle waren nach Aussage des Obermaats gekommen. Mütter schleppten kleine Kinder an der Hand nach sich oder trugen noch kleinere auf dem Buckel. Er war erstaunt über diesen Empfang (der Obermaat hatte erklärt, sie seien nur wegen des Passagiers gekommen). Aber wie konnten sie wissen, daß er sich entschlossen hatte, auf die Insel zu fahren? Nein, sie kamen wohl immer, wenn der Dampfer hier anlegte; man wollte ihm nur schmeicheln. Sonderbar an der Sache war, daß er sich trotzdem freute — und zugleich etwas gereizt war.

Er wußte, daß das Boot nur einmal im Monat hier anlegte, wußte auch, daß diese Insel verloren in einem Archipel von Inselchen war, von denen manche nur ein paar Quadratfuß groß waren, andere nur aus steilen Felsblöcken bestanden, und daß nur wenige bewohnt waren. Das alles hatte ihm der Kapitän gesagt, und er hatte ihm auch versichert, daß er im Gasthaus am Hafen gute Aufnahme, ein schönes Zimmer, auch vorzügliches Essen finden werde, auch glänzende Unterhaltung, die Zeit werde ihm nicht lang werden, und er wünschte ihm zum Abschied alles Gute.

Nun, an Land kommend, merkte er, daß der Empfang überhaupt nicht ihm galt. Er grüßte einige Male, aber niemand erwiderte seinen Gruß, man machte ihm schweigend Platz, wo das nötig war; eine Frau zerrte ihr Kind, das ihm im Weg stand, heftig am Arm zurück; so ging er durch die locker dastehende Menge. Als er sich umdrehte, blickte ihm keiner nach; alle waren mit dem Dampfboot beschäftigt, aus dem nun Kisten, Säcke ausgeladen wurden, einige darunter mit großer Vorsicht. Auch der Kapitän war nun an Land gekommen, nach einiger Zeit erschien sogar der Maschinist, die Menge drängte sich um die kleine Besatzung, die Kapitänsmütze verschwand in der Menge. Der Passagier konnte weder hören, was der Kapitän sagte, noch seine Gebärden sehen. Weshalb hatte man ihn angelogen? Es wäre nicht nötig gewesen; immerhin fühlte er sich nun, da alles in gewöhnlichen Bahnen verlief, fast erleichtert.

Er blickte sich um. Der Anlegeplatz sah jämmerlich aus. In der Nähe stand ein offener Schuppen, der einmal für die Lagerung irgendwelcher Produkte gedient haben mochte, obwohl nicht einzusehen war, was das gewesen sein mochte, denn auf der Insel schien nichts Besonderes zu wachsen. Nicht weit vom Schuppen stand das Wirtshaus, dessen Schild schief über der Tür hing. Auf dem Schild war ein primitiv gemalter Fisch zu sehen. Der Kapitän, das war nun klar, war wie der Obermaat ein Dichter, ein Phantast, denn seiner Schilderung nach glich dieses höchst bescheidene Gasthaus einem gutbürgerlichen Hotel. Niedere Hügel, mit dürftigen Bäumen bestanden, stiegen aus der Bucht hoch; das Gras war braun und verbrannt; Schutt lagerte auf halber Höhe eines Hügels, auch Abfälle, Flaschen und Benzinkanister. Alles hier machte einen verwahrlosten Eindruck. Die Insel zeigte ihre Wunden offen.

Er ging auf das Wirtshaus zu. Er kam in einen großen Raum, es war neben der Küche der einzige Raum hier unten. Dort spielten, an drei Tischen, sechs Männer Domino. Sie knallten die Steine auf die Tische, keiner sah ihn an, so sehr waren sie in ihr Spiel vertieft. Andere Männer gingen von Tisch zu Tisch und sprachen leise miteinander, vermutlich kommentierten sie das Spiel. Die Spieler schienen die einzigen zu sein, die sich für das Boot und seine Ladung nicht interessierten.

Der Wirt schlief, er ließ sich durch den Lärm nicht stören, hinter der Theke. Auch er war im Haus geblieben, in diesem großen Zimmer, in dem die Luft schwer und stickig war, obwohl alle Fenster offen standen. Aber draußen lastete ein heißer Sommer auf dem Boden; es ging kein Wind.

Der Raum war kahl, Vorhänge gab es nicht, der Fußboden bestand aus schlecht gehobelten Brettern. Nur hinter der Theke, schief über dem Schlafenden, hing eine alte

Photographie in braunem Rahmen, doch ohne Glas. Der Passagier wagte den Wirt nicht zu wecken, er stand so lang in der Nähe der Tür, bis einer der Zuschauer den Wirt an der Schulter ergriff und ihn schüttelte. Der Wirt, dessen Gesicht von schwerem Schlaf etwas aufgedunsen schien, bemerkte den Gast und stand auf. Ohne ein Wort zu sagen, holte er einen Schlüsselbund hervor und stieg mit dem Fremden bis unters Dach. Dort lag ein winziges Zimmer, darin stand nur ein Bett, sonst nichts. Bettwäsche war nicht vorhanden, auf dem Eisengestell lag nur ein Strohsack.

Aber was am meisten störte, das waren die schief zueinanderstehenden Wände des Raumes, und der Passagier, wie man ihn jetzt noch nennen könnte, war ein Mann der Ordnung: der rechteckigen Räume, der geraden Zimmerdecken, der richtig im Raum stehenden Betten. Hier war alles unbehaglich, die Decke senkte sich; sie lag dicht unter dem Dach. Das Bett schien in den Raum hineingequetscht worden zu sein. Außerdem gab es kein Türschloß — wozu der Wirt den Schlüsselbund mitgenommen hatte, blieb unklar; vielleicht war es ein Zeichen seiner Würde.

Über den Preis waren sie sich rasch einig, er war lächerlich niedrig. Nach einiger Zeit erschien eine alte Frau, die, wie sich später herausstellte, die Ehefrau des Wirtes war, obwohl sie, dem Alter nach, seine Mutter hätte sein können. Auch sie redete kein Wort und begann das Bett zu überziehen. Der Fremde hatte das Fenster geöffnet und sah hinaus. Leider ging es nicht auf das Meer, davon hätte er sich viel versprochen: die Bewegung der Wogen zu sehen vielleicht sogar eine andere Insel — nein, er sah auf einen Abfallhaufen. Da die Wirtin nicht sprach, fühlte er sich auch nicht aufgelegt zu reden.

Als er so in Gedanken verloren dastand, hörte er das Paketboot tuten, es fuhr also ab. Er ließ sein Bündel liegen, um keinen Verdacht zu erregen, lief die steile Holztreppe hinunter, durch das große Zimmer, wo niemand aufsah, und zum Landesteg. Aber das Dampfboot hatte schon abgedreht, er sah noch den Kapitän, wie er Befehle gab, ihm aber dabei den Rücken zuwandte. Kleinere Gruppen standen noch beieinander, und er, der eben noch hatte rufen wollen, ging nun immer langsamer und tat so, als schöpfe er frische Luft. Die Pakete und Kisten, die man ausgeladen hatte, standen zum Teil noch da, vielleicht war einiges für den Wirt bestimmt. Höchst verärgert dachte er daran, daß er nun einen Monat lang festsaß, festgenagelt, vielleicht dauerte es noch länger, wenn sich das Schiff verspätete, und er dachte mit Schrecken, er könne vielleicht gerade zum Zeitpunkt, da das Paketboot hier anlegte, krank, ja vielleicht transportunfähig sein; er verscheuchte diesen Gedanken nur mit Mühe. Wütend sagte er sich, daß ihm recht geschähe, er hatte es nicht anders gewollt. Er hatte sich auf unsichere Nachrichten in einer Schenke der großen Hafenstadt eingelassen und war außerdem einem Lügenbeutel von Kapitän aufgesessen.

Denn daß der Kapitän und der Obermaat gelogen hatten, das wurde immer deutlicher. Gegen Mittag trat eine Pause im Spiel ein; da setzte man ihm schlechtes Essen vor: es waren gebratene Fische, voller Gräten, zum Teil verkohlt, und er wußte nicht, wie er damit fertig werden sollte. Auch störte es ihn, daß er das Essen hinunterschlingen mußte, denn die Spieler warteten offenbar wieder auf den Tisch, so daß er es für die Zukunft vorzog, sich das Essen auf sein verschrobenes Zimmer bringen zu lassen, wo er als Tisch eine Kiste benützte, die er sofort hinaufschaffen ließ. So, zwischen Bett und Kiste eingeklemmt, aß er dann.

Was er den Nachmittag über tun sollte, er wußte es nicht. Im Spielraum schien er nicht willkommen zu sein, also ging er die Anhöhe hinauf, um einen ersten Eindruck von der Insel zu bekommen. Oben angelangt, sah er sich genau um.

Hügel lag hinter Hügel, der Berg wurde deutlicher. Wasser schien es nicht zu geben, keinen Bach, keine Quelle. Schon beim Essen hatte man ihm lauwarmes Wasser serviert, es war, wie er später herausfand, Zisternenwasser. Und Zisternen traf er überall an. Das Regenwasser schmeckte wahrscheinlich schon im Frühsommer dumpfig und abgestanden; jetzt, da der Hochsommer gekommen war, begann es zu faulen.

Er war voller Verdruß. Elektrisches Licht gab es nicht. Die Notdurft mußte er hinter einem Gebüsch in der Nähe des Hauses verrichten. Das Essen erwies sich als entsetzlich eintönig. Am meisten fürchtete er im Lauf dieses Monats die Fischsuppe: es war eine stinkende Brühe, und er schlang sie nur hinunter, um die Wirtin nicht zu kränken. Denn sie schien sich alle Mühe um ihn zu geben, sie verstand es eben nicht besser.

Wie er den endlosen ersten Nachmittag hingebracht hatte — er wußte es später nicht mehr. Sein Schädel war dumpf, er starrte, auf dem Hügel sitzend, idiotisch auf das glitzernde Meer, er fragte nicht, wohin sich die Bevölkerung verkrochen hatte: irgendwo mußten sie ja hausen, aber das war ihm jetzt gleichgültig. Er wollte von Menschen nichts wissen.

Er stieg nach dem Nachtmahl — zum erstenmal hatte es die übel riechende Fischsuppe gegeben — nicht mehr hinunter, er ließ den Teller auf der Kiste stehen. Es war fast unerträglich heiß unter dem Dach, obwohl das Fenster weit offen stand. Lang konnte er nicht einschlafen. Er warf sich auf dem Strohsack hin und her, er drehte den Kopfpolster öfters um, es nützte alles nichts. Als er aufstand, stolperte er über die Kiste; der Teller fiel zu Boden und zerbrach. Fluchend tastete er im ungewissen Licht nach den Trümmern und klaubte die Scherben zusammen; sie fühlten sich klebrig an. Als er meinte, sie alle gesammelt zu haben, ging er zum Fenster und beugte sich weit hinaus. Er glaubte, Schritte zu hören, er sah auf dem Hang Schatten, die, vielleicht, flüchteten. Er konnte es nur ahnen, denn es war Neumond. Sahen sie ihn? Wollte man etwas von ihm? Waren es Menschen?

Er glaubte, der Morgen würde nicht mehr kommen. Unten droschen die Spieler die Steine auf den Tisch, an Schlaf war bei diesem Lärm nicht zu denken. Dann wurde es still, die Haustür schlug mehrmals, es wurde kühler, und er schlief doch ein. Aber vermutlich nicht lang: die Sonne stieg aus dem Meer, bald würde es wieder heiß sein.

Als er aufstand, bemerkte er einen großen scharfen Scherben, den er übersehen hatte. Er war froh, daß er in der Nacht nicht mit bloßen Füßen darauf getreten war. Er legte ihn zu den übrigen, und dazu eine Summe, genug, um zehn Teller dafür zu kaufen. Dann ging er nach unten, wusch sich rasch in einem Bottich, oder, besser gesagt, er tauchte Hände und Ellbogen ins Wasser und benetzte sein Gesicht. Ein Handtuch schien es nicht zu geben, so hielt er sein Gesicht in die Sonne. Was er zum Frühstück bekam, verwunderte ihn nach alldem nicht mehr: es war eine schwarze Suppe, die die Wirtin für Kaffee halten mochte, und ein unglaublich zähes Brot mit sehr harter Rinde, das bereits etwas muffig roch und das man nur essen konnte, wenn man es in den Kaffee tunkte. Die Wirtin wollte nachschenken; er hielt die Hand über die etwas ausgeschlagene Schale und wehrte ab. Dann ging er weg, um sich jede Auseinandersetzung wegen des zerschlagenen Tellers zu ersparen.

Es wurde bald wieder heiß. Er suchte nach Schatten, aber auch im Schatten war es sehr warm, wenn kein Wind ging. Er überlegte, ob er sein Hemd ausziehen sollte. Waren die Inselbewohner so an Hitze gewöhnt? Mußte er ausgerechnet im Sommer herfahren? Manchmal freilich kam ein kühler Luftzug auf, aber das war auch alles, und es geschah selten.

Diesmal drang er tiefer in die Insel ein. Um sich nicht zu verirren, legte er, wo es nötig war, einige Steine zu einem kleinen Haufen zusammen; so konnte er wieder zurückfinden. Er kam zuerst, von der Höhe her, wo die Bucht lag, in ein steiles Tal, dort standen in einer Gruppe doch ein paar Bäume, er hatte wieder etwas Schatten. Einmal glaubte er, Schritte zu hören; zumindest lösten sich einige Steine von der Höhe und kollerten zu ihm herunter. Wurde er beobachtet? Es war durchaus möglich; er verargte es den Bewohnern nicht, wenn sie sich um den Neuankömmling auf ihre Weise kümmerten. Den Bewohnern dieser Insel, die ihren Flecken Erde ja genau kannten, mußte es merkwürdig vorkommen, wenn sie sahen, wie der auf die Insel Verschlagene Stein auf Stein schichtete, wie er das gewundene Tal so bis zum Ende ausging: vor jeder Wegkrümmung, besonders dort aber, wo ein Weg sich spaltete, sammelte er Steinbrocken, ging dann das gewundene Tal bis ans Ende aus und kam nach zwei Stunden wieder in die Höhe. Zu seiner Überraschung sah er nicht das Meer, wie er das erwartet hatte, sondern einen noch höheren Hügel, der den Horizont fast ganz umschloß, wenigstens in der Richtung, in der das Meer liegen mußte. Er ahnte, daß die Insel doch vielgestaltiger sein mußte, als er angenommen hatte. Er brach seine Erkundungsreise ab, zögerte, ob er das Tal in der anderen Richtung ausgehen sollte — dort lag wahrscheinlich eine Bucht —, aber er tastete sich dann doch von Wegzeichen zu Wegzeichen zurück, bis er wieder das Meer und den Hafen mit Scheune und Wirtshaus sah.

Als er diesmal zu Mittag aß, wieder oben auf dem Zimmer (und er glaubte bemerkt zu haben, daß die Spieler ihm dankbar waren), sah er, daß vom Geld, das er auf die Kiste gelegt hatte, eine einzige Münze fehlte. Die Scherben waren weggeräumt. Er entschuldigte sich bei der Wirtin; sie schüttelte nur den Kopf, sie hatte ihm den zerbrochenen Teller nicht übelgenommen.

Überhaupt war sie der einzige Mensch, der ihm in diesen ersten Tagen mit einer gewissen Freundlichkeit entgegenkam. Der Wirt döste meist vor sich hin, die Spieler kümmerten sich nicht um ihn. Er teilte nun seinen Tag. Stundenlang saß er auf einem Felsen und ließ die Füße ins Wasser hängen. Kam die Flut, zog er sich langsam zurück. Was das Meer zurückließ, betrachtete er zuerst ohne Interesse: Muscheln, die Kalkskelette von Seesternen, schleimige Quallen. Flut und Ebbe, es war ein großer Atem, und er lernte bald, die Zeit ungefähr danach zu bestimmen.

Den anderen Teil des Tages benützte er dazu, die Insel weiter zu erforschen. Am fünften oder sechsten Tag — er wußte es nicht mehr genau, er hatte drei Tage lang gezählt, aber am vierten versucht, die hier verlebten trostlosen Tage durcheinanderzumischen; er wollte nicht ängstlich auf die Wiederkehr des Paketbootes warten — am fünften oder sechsten Tag also entdeckte er etwas Merkwürdiges: die Steinmale, die er angelegt hatte, um sich nicht zu verirren, nein, sie waren nicht etwa mutwillig zerstört worden, sondern man hatte neue gelegt, sehr übersichtlich, und er ging ihnen nach. Immer wieder erlebte er dabei Überraschungen: einmal führten sie ihn zu einer Höhle, in deren Schatten er bequem rasten konnte, ein anderes Mal auf einen Aussichtspunkt, von wo aus er den schönsten Überblick hatte.

Dankbar ging er nun diesen Fährten nach. Er wußte nicht, wer sie legte, wer die Steine so sorgfältig aufeinanderschichtete; er freute sich, daß sich irgendein Mensch um ihn kümmerte, ihm Freude zu machen versuchte, was beim erstenmal nicht immer gelang. Einmal führte die Spur zu einer Felswand, aber er kam zu spät, die Sonne stand zu tief, und so konnte er nicht sehen, daß die Wand bei einem bestimmten Sonnenstand glitzerte und sprühte — erst später kam er drauf.

Dieses Spiel erregte ihn. Er entdeckte Häuser, sah aber auch, daß einige Menschen noch in Höhlen lebten. Diese Höhlenbewohner galten als privilegiert; die Höhlen waren, wie er später erfuhr, warm im Winter, im Sommer jedoch kühl. Man sah schon von weitem, ob eine Höhle, die dann immer aus mehreren Räumen bestand, bewohnt war oder nicht: hausten Menschen darin, sah man schon von oben einen Rauchfang, und manchmal kam auch Qualm heraus. Eine dritte Gruppe lebte in einer Art von Zelten, die aus strohgeflochtenen Matten bestanden, andere hausten einfach in Erdlöchern, über die eine Matte gespannt wurde. Waren das die Armen? Was trieben diese Menschen den ganzen Tag? Wenn er grüßte, sahen sie ihn schweigend an oder traten in Höhlen Häuser Zelte zurück.

Die Spuren führten nie ganz an Häuser oder Höhlen heran. Er respektierte das, er machte seine Erfahrungen. Einmal sah er aus der Ferne ein Kind, das sich auf eine Mauer verirrt hatte — eine Gartenmauer vielleicht, die aus zerbröckelnden Steinen bestand. Das Kind wagte sich nicht vor- nicht rückwärts; er vergaß alle Vorsicht, lief auf die Mauer zu und wollte es herunterheben. Das Kind preßte entsetzt die kleinen Fäuste vor den Mund und begann dann laut zu schreien. Aus einer nahegelegenen Hütte stürzte eine Frau, hielt Mittel- und Zeigefinger abwehrend gegen ihn ausgestreckt, spuckte aus, hob das Kind von der Mauer und verschwand mit ihm hinter einer Mattentür. Er hörte, wie sie drinnen noch lange auf das schluchzende Kind einredete, was, das war nicht zu verstehen.

Hatte er den bösen Blick? Er begriff das Verhalten der Menschen um so weniger, je länger und sorgfältiger angelegt die Fährten wurden, auf denen ihn irgendwer Tag für

Tag über die Insel zog. Jedenfalls wurde er vorsichtiger, auch dem Wirt gegenüber, mit dem er in den ersten Tagen Gespräche zu führen versucht hatte, aber jeder dieser Versuche war mißlungen. Auch die Wirtin schien ein Gespräch mit ihm nicht führen zu wollen; wenn er Antwort erwartete, nickte oder schüttelte sie nur den Kopf oder grunzte Unverständliches.

Er begann auf seinen Wanderungen mit sich selber zu reden. Die Menschen nahmen ihn, mit einer rätselhaften Ausnahme, nicht an, er war auf sich selbst zurückgeworfen, und ließ er zuerst nur einige nicht gerade freundliche Bemerkungen in der Einsamkeit eines Tales, auf der Höhe eines Hügels fallen, so begann er sehr bald auch, sich Fragen vorzulegen und sie laut zu beantworten. Er hatte nicht gedacht, daß dies so schnell gehen könnte; er versuchte sich zu beherrschen, aber ehe er es dachte, hörte er sich schon wieder reden.

Ein Dorf sah er nicht. Und doch mußte es so etwas wie eine Gemeinde geben, denn in einer schönen schattigen Bucht sah er eine kleine Kirche. Nicht weit davon stieg der höchste Berg der Insel auf, gewiß nur ein größerer Hügel, aber hier, unmittelbar aus dem Meer ragend, machte er doch einen imposanten Eindruck. Er täuschte sich nicht, denn er sah einen Mann, der wie ein Pfarrer gekleidet war, in Begleitung eines zweiten Mannes den Hügel hochklettern. Sie trugen Holz auf dem Rücken. Wozu das Holz gut sein sollte, er wußte es nicht; er wagte auch nicht, auf den Pfarrer oder was sonst er sein mochte zu warten, bis er wieder den Berg herunterkam. Er war froh, daß ihn niemand gesehen hatte.

Er begann heimlich, besonders schöne Steine zu sammeln, heimlich, weil er fürchtete, sie könnten auch diese harmlose Beschäftigung mißtrauisch betrachten. Pflanzen schien es außer Gräsern und Kräutern nicht zu geben;

einmal entdeckte er eine zähe Blume, weißlich blühend, sie war sehr klein, Stengel, Blätter haarig. Es kam ihm wie ein Wunder vor. Spartgras wuchs überall, hart, manchmal schneidend, wahrscheinlich flochten sie daraus ihre Matten und Stricke. Am meisten aber wunderte es ihn, daß er kein Tier sah: keinen Hund, keine Katze, aber auch keinen Vogel in der Luft. Er war doch an der Vogelinsel vorbeigefahren, er hatte einen riesigen Schwarm aufsteigen sehen; und der Kapitän hatte ihm vorgerechnet, wieviel man am Vogelkot verdienen könnte, wenn einer sich nur einmal an die Arbeit machen wollte. Diese Vogelinsel lag doch nicht so weit weg; einmal hätte ja ein Vogel kommen müssen, aber so sehr der Fremde auch den Himmel absuchte, der Himmel blieb immer leer, von einem Blau, das gegen Mittag zu fahlem Weiß verbrannte. Es war, als sei die Insel verdammt, als wage sich kein Vogel in die Nähe. Hielten die Bewohner nicht Schafe, nicht Schweine? So sehr er auch darauf achtete, er sah nichts, keine Spuren, keinen Kot. Was für eine erbärmliche Insel, dachte er, und was für erbärmliche Menschen!

Langsam spann er, mit Hilfe eines anderen ihm unbekannten Menschen, ein Netz über die Insel. Es wunderte ihn noch immer, daß keiner die Steinmale antastete, sie zerstörte oder ihn in die Irre führte. Es wäre das nicht schwer gewesen, man hätte dazu nur ein paar Steinhaufen versetzen müssen, er hätte sich verirrt. Denn die Insel erwies sich als verwinkelt; er hatte zuerst gedacht, sich leichter zurechtfinden zu können. Es lag da nicht einfach geordnet Hügel hinter Hügel; Querzüge, Abbrüche, Schluchten verwirrten das Bild, und obwohl er wußte, daß die Insel klein war, so war er doch immer froh, wenn er sich zurechtfand, daß eine unsichtbare Hand ihm dabei half.

Das ging nun schon an die zwölf Tage dahin, und obwohl er nun schöne Steine sammelte, später auch Muschelschalen, die er auf dem Fensterbrett ausbreitete, und durch die Insel wanderte, war doch ein Tag schwieriger und lästiger als der andere. Einzig die Steinfährten hielten ihn bei halbwegs guter Laune — er hätte nur gern gewußt, wer sie anlegte. Zu baden wagte er nicht; er sah niemanden im Meer. Manchmal war ihm so übel, als hätte er verdorbenes Essen hinuntergeschluckt. Des Nachts ging er nicht aus. Einmal hatte er den Versuch gewagt, aber ihm schien wieder, als würden Menschen vor ihm fliehen, hangaufwärts oder auch ins Tal, weg, weiter, nur fort von ihm. So blieb er voller Verdruß auf dem Zimmer. Wenn die Sonne unterging und es nach einiger Zeit dunkel wurde, dann saß er vornübergebeugt auf dem Bett, hörte in seiner Kammer, wie die Dominospieler bis tief in die Nacht hinein lärmten, er hörte sie auch fluchen. Er versuchte zu schlafen; wenn das nicht gelang, zog er sich wieder an — die Schuhe ließ er stehen — und ging in die große Stube nach unten. Die Spieler und die Zuschauer waren die einzigen Inselbewohner, die ihn nicht beachteten. Er sah dem Spiel zu, er gewöhnte sich an den Lärm, an das Fluchen, wenn einem der Spieler etwas mißlang, er lernte die Regeln leicht, ohne daß er jemanden darum gefragt hätte; er hätte zuletzt gern selber gespielt, aber niemand forderte ihn dazu auf.

An einem der Tage, es war vielleicht der elfte oder der dreizehnte, er wußte es nicht, begegnete ihm wieder etwas Merkwürdiges. Er hielt sich am Nachmittag etwa in der Mitte der Insel auf, in einem Gewirr von Hügeln — auf einem standen sogar drei Bäume, die sich gut gegen den Himmel abhoben —, da hörte er sonderbare Laute, kaum menschlich und doch wie ein Stöhnen, eine Klage. Als er näherkam, sah er in einer Bodenvertiefung eine junge Frau, die den hier harten Boden mit bloßen Fingern aufkratzte. Sie war in zerrissenes, ausgebleichtes Gewand gekleidet; sie wollte flüchten, als sie ihn kommen sah, blieb dann aber gelähmt in der kleinen Grube sitzen. Ihre Hände waren aufgeschunden, voller Erde, einige Finger bluteten. Er nahm ihre Hände, die sie ihm ohne Widerstand überließ, säuberte sie, nahm sein Taschentuch, das nicht sehr rein war, zerriß es in Streifen und verband ihr damit Finger und Hand. Sie ließ es geschehen, sagte kein Wort, hockte da, in sich zusammengezogen, nur dann und wann kam leises Wimmern aus dem Mund, eine Klage, die sich entfernt, ein Schmerz, der leise wird. Erst jetzt sah er, daß sie schön war, von einer schwer zu beschreibenden, doch um so merkwürdigeren verwilderten Schönheit. Er berührte ihr Haar, das lang, dicht war, an der Stirn gelockt. Gesicht Arme Beine waren sonnenverbrannt. Sie hörte zu klagen auf; er ging weg und ließ sie allein.

Diese kleine Begegnung aber änderte manches. Am Abend dieses Tages fand er eine Petroleumlampe mit grünem Schirm auf der Kiste stehen. Hinter der Lampe war ein etwas trübes Spiegelchen angebracht, wodurch das Licht verstärkt werden sollte. Er war sehr überrascht, obwohl die Wirtin unten ihm schon zugelächelt hatte. War es möglich, daß sein kleines Abenteuer mit der jungen Frau sich so rasch herumgesprochen hatte? Nun füllte er jeden Abend die Lampe; er bekam zum Putzen des Zylinders immer wieder uralte Zeitungen, die er zuerst genau las, dann zerknüllte und vorsichtig in den Zylinder schob. Beim Lesen erfuhr er Dinge, die sich vor seiner Geburt abgespielt hatten — es war ihm aber alles neu, wenn es auch Ereignisse waren, wie sie sich jeden Tag, auch heute, abspielen konnten. Er las von Kriegen, von denen er noch nie gehört hatte, aber auch sehr komische Geschichten, auch Werbetexte, und es tat ihm etwas leid, die Zeitungen zum Reinigen des Zylinders verwenden zu müssen. Das Papier war stockfleckig, zum Teil brüchig. Die Lampe füllte er immer vor dem Haus nach; die Sonne ging rot unter, es blieb noch länger licht, dann kam ein ungeheurer Sternenhimmel, es wurde kühler. So saß er lang, dann trug er die Lampe vorsichtig nach oben; jetzt kannte er die Holztreppe genau. Die siebente Stufe knarrte. Er lernte sofort, mit dem Docht umzugehen, ohne daß der Zylinder platzte. Wenn er nun auf dem Bett lag, erfüllte grünliches Licht das Zimmer, seine Gedanken aber waren ganz erfüllt von dieser verrückten Insel und ihren Menschen, den geheimnisvollen Fährten, aber er beschäftigte sich auch mit der Vergangenheit, die er aus den Zeitungen herauslas; er träumte vor sich hin. Die Spieler unten störten ihn nicht mehr. Manchmal kam auch irgendein Insekt geflogen, stieß beharrlich gegen den Schirm, und er drehte den Docht kleiner. Es gab also wenigstens Insekten auf dieser Insel, vielleicht auch Falter.

Nun schienen ihn auch die Menschen langsam zu akzeptieren. Er wurde nicht mehr abgelehnt. Das völlige Vertrauen gewann er aber erst ein paar Tage darauf.

Von einem seiner Ausflüge zurückkehrend sah er einen der Spieler mißmutig allein an einem der Tische sitzen, einen Haufen Dominosteine vor sich. Er trommelte ungeduldig mit den Fingern auf die Tischplatte, schaukelte auf dem Sessel — offenbar war sein Partner ausgeblieben. Es wunderte den Fremden, daß keiner der Zuschauer sich anbot, und so ging er zum Tisch und fragte, ob er mit ihm eine Partie spielen könne. Der andere sah ihn flüchtig an — es war kurz vor dem Abendessen —, dann wies er mit einer Kopfbewegung, die vielleicht Verachtung ausdrückte, auf den Sessel, der ihm gegenüberstand. Er kehrte die Steine um, mischte sie mit der linken Hand durcheinander und schob dann einen Teil über den Tisch. Beide bauten nun ihre Steine auf, in flachen Halbkreisen, wobei der Fremde sich sofort ein System zurechtlegte, das ihm erlaubte, rasch Übersicht über seine Möglichkeiten zu erhalten.

Die Spieler von den anderen Tischen hörten zu spielen auf,

die Zuschauer kamen zum Tisch, wo der Fremde saß, und so, als wüßte man auf der ganzen Insel von diesem Ereignis, kamen noch andere Gäste von draußen herein und stellten sich um den Tisch, wo er gegen den Unbekannten, einen Mann mit dichtem, doch knapp gehaltenem Bart, spielte. Selbst der Wirt wurde munter und kam hinter der Theke hervor.

Er wußte nicht, um welchen Einsatz es ging; vielleicht auch wurde nichts gesetzt, Geld jedenfalls hatte er auf den Tischen noch nie gesehen. Der andere knallte die Steine wie üblich auf die Platte; er selber erwiderte rasch, doch leise; er legte den Stein vorsichtig an den Stein des Gegners, und es bildete sich bald das bekannte immer neue Muster. Er war erstaunt, wie leicht ihm alles gelang. Er schien die noch übrigbleibenden, zum Einsatz bestimmten Steine des Gegners rasch zu erraten, und so gewann er, nicht nur zu seiner eigenen Verblüffung, die erste Partie. Der andere schob ihm sofort wieder Steine zu, nachdem er einen Großteil umgedreht und wieder gemischt hatte. Aber dem Fremden schien alles zu glücken. Nach sechs verlorenen Partien stand sein Gegner auf und verließ wortlos das Wirtshaus.

Hatte schon die Begegnung mit der jungen Frau seine Lage wesentlich erleichtert, so schien es nun, als sei ein über ihn ausgesprochener Bann endgültig gebrochen. Er wurde lärmend beglückwünscht; er konnte sich kaum wehren, so prasselte alles auf ihn ein. Nun empfing ihn jeder auf der Insel freundlich, ja, manchmal wurde er sogar angesprochen und in ein Haus eingeladen, wo man ihn mit Brot und Salz bewirtete. Er wurde immer wieder ausgefragt, woher er komme, was er auf der Insel wolle; er gab freundlich Auskunft. Als er am Abend das sonst scheußlich lauwarme Wasser im Wirtshaus erwartete, war er überrascht: es war kühl und hatte einen leichten Zitronengeschmack. Die Wirtin kühlte es eigens in einem porösen

Krug, den sie mit nassen Fetzen umwickelte. Woher es den leicht säuerlichen, sehr erfrischenden Geschmack hatte, sagte sie nicht. Und statt des Kaffees kam nun immer guter heißer Pfefferminztee zum Frühstück, und auch das Brot wurde besser.

Als er einmal in die Nähe der Kirche kam, trat der Pfarrer auf ihn zu, lud ihn feierlich ins Haus ein, stellte Brot und Wein auf den Tisch. Er kostete vom völlig ungewohnten Wein, er schmeckte sauer, aber aus Höflichkeit trank er doch ein Glas. Dann führte der Pfarrer ihn in die »Bibliothek«, wie er sagte. Dort standen in einem Schrank etwa zehn Bände, von der Bibel und dem Brevier angefangen alle geistlichen Inhaltes, und so lächerlich es war, das eine Bibliothek zu nennen, so sehr staunte der Fremde doch darüber, daß es überhaupt Bücher auf dieser Insel gab. Er nahm Buch für Buch aus dem Schrank, es waren kostbare alte Exemplare, er blätterte vorsichtig darin; der Pfarrer erläuterte ihm jeden Band, er bewunderte alles. Der Pfarrer sagte: Sie haben den stärksten Spieler der Insel geschlagen; niemand kann sich erinnern, daß früher ihn einer besiegt hat. Jetzt nimmt wohl alles eine andere Wendung. Man erwartet sehr viel von Ihnen!

Ganz verstand er das zwar nicht, aber er wagte nicht zu fragen, was man denn von ihm erwarte. Und gern hätte er sich auch nach der jungen Frau erkundigt, aber er unterließ auch das. Der Pfarrer redete lang über die Bücher; er stellte sich, als bewundere er alles, und war doch nur verwundert, und als der andere ihm noch ein Glas Wein aufdrängen wollte, bedankte er sich. Der Pfarrer sagte noch, als es zum Abschied kam:

Ich habe Sie letzten Sonntag in der Kirche vermißt! Und er lud ihn ein, zur Messe zu kommen. Der Fremde, der nicht wußte, was er mit dieser Einladung anfangen sollte, und auch nicht, welcher Tag gerade war, erwiderte höflich:

Ich werde den nächsten Sonntag sicher nicht übersehen! und war entschlossen, sich nicht stören zu lassen.

Seinen Gegner sah er mehrere Tage lang nicht, und es beunruhigte ihn. Es war, als schäme sich der bärtige Mann seiner Niederlagen, aber vielleicht war dies ein Irrtum. Einmal aber, er stand hoch über dem Meer auf einer Klippe, gegen die sich die Wellen warfen, so daß es hoch aufklatschte, berührte jemand seine Schultern. Erschrocken drehte er sich um, er hatte niemanden gehört, keine Schritte, nichts, so lärmten die Wogen unten. Da war es der Bärtige, der ihn lachend beglückwünschte. Sein Gegner schien die Niederlage überwunden zu haben, er schien anzuerkennen, daß der Fremde der bessere Spieler war. Dem Fremden stieg es, als er wieder allein war, heiß auf: der andere hätte ihn leicht in die Tiefe schleudern können, wenn er ihn gehaßt hätte.

Nach und nach — die Tage gingen sonst sehr einförmig hin — wurde er mit allen vertrauter. Es stellte sich heraus, daß es sogar so etwas wie eine Schule gab, wenn auch der Lehrer, ein langer Mensch, dessen große Füße und fahrige Bewegungen besonders auffielen, keine Schule zur Verfügung hatte, sondern im Freien unterrichten mußte. Er lud den Fremden ein, am Unterricht teilzunehmen, und dieser konnte sich nicht genug wundern über die Methode. Die Schüler hatten alles auswendig zu lernen, in einer Art Singsang, wobei sie rhythmisch den Oberkörper bewegten. Sie saßen auf der Erde und stützten sich mit den Händen ab. Auch Erdkunde oder Rechnen wurden singend unterrichtet, und so töricht dem Besucher diese Art des Unterrichtes geschienen hatte — nach ein paar Besuchen fand er sie durchaus vernünftig und gut, auch, daß die Klasse über die ganze Insel zog und sich dort niederließ, wo es ihr gerade paßte. In den Pausen, wenn die Kinder nicht ihre Gesänge leierten, stand der Lehrer auf, blickte rundum, legte manchmal sogar die Hand hinter die Ohrmuschel und horchte. Worauf wartete er?

Der Fremde lernte alte Frauen kennen, sie trugen schwarze lange Kittel, und ihr Gespräch behagte ihm besonders. Es waren kluge Frauen, manche davon hatte ihren Mann schon begraben, nicht auf einem Friedhof, den gab es nicht, die Gräber lagen immer in nächster Nähe der Häuser, aber keine hatte ihren Witz verloren, jede streute so viel Salz in ihr Gespräch, daß er sich manchmal wunderte. Die Männer zeigten ihm ihre unter Tags in Felshöhlen, die etwas über dem Meer lagen, versteckten Boote, kurze Zeit darauf nahmen sie ihn auch des Nachts auf ihre Fischzüge mit. Einmal fingen sie einen großen Tintenfisch, der sie böse aus seinen hervorquellenden Augen anzublikken schien. Wieder an Land, schnitten sie ihn auf, räumten ihn aus, Herz Hirn Eingeweide, und schlugen ihn etwa hundertmal gegen den Felsen, denn sonst, so sagten sie, sei das Fleisch zu hart, ja ungenießbar. Der Oktopus, von schöner zart rosa Färbung, wurde aschgrau. Dann forderte einer der Fischer den Fremden auf, das tote Tier zu berühren. Der hirn- und eingeweidelose Oktopus umklammerte mit seinen Saugnäpfen sofort den Arm, wenn auch nur noch schwach, und die Fischer lachten darüber, daß der Fremde bei dieser Berührung erschrak.

Auch die Kinder wurden immer freundlicher, ja, sie liefen ihm zu, wollten vielerlei von ihm wissen, vor allem aber, wie lange er bleibe. Es tat ihm leid, daß er ihnen nichts schenken konnte, aber er hatte nichts. Einmal bekam er von einem kleinen Mädchen ein Körbchen, das aus Spartgras geflochten war, das andere Mal von einem Buben einen besonders schönen Stein — sie mußten also wissen, daß er bisher schon heimlich Steine gesammelt hatte. Ja, der fehlt mir noch, sagte er dann, oder: Das habe ich mir immer gewünscht. Den Kindern schien es, als beschenke er sie, wenn auch nur mit Worten, während doch sie ihm Freude zu machen versuchten, Tag für Tag. Er war jedenfalls froh, daß die Menschen nun eine andere Meinung hatten als früher und ihn fast als einen Einheimischen betrachteten, der nach langer Reise zurückgekehrt ist.

Sie müssen wissen, sagte der Pfarrer einmal zu ihm, als sie vor dem Pfarrhaus unter einem großen Baum saßen — es war der einzige respektable Baum auf der ganzen Insel, und sie sahen hinaus auf ein sanft daherrollendes Meer, mit sehr zarten Schaumkämmen — Sie müssen wissen, es ist eben ein Inseldasein, mit allen Nachteilen und Vorzügen, man entwickelt da ganz besondere Gewohnheiten, man wird eigenartig wie in einem Lager oder Gefangenenhaus, sehr isoliert zwar, aber doch auf den anderen in einem Maß angewiesen, wie das sonst nicht der Fall ist. Und das ist ein großer Vorteil!

Der Fremde wollte nach der jungen Frau fragen, wieder hielt ihn ein unbestimmtes Gefühl davon ab.

Und doch, fuhr der Pfarrer fort, uns alle verbindet eine große Hoffnung: einmal wieder auf der nächsten bewohnten Insel das Kreidfeuer aufleuchten zu sehen und weitergeben zu können, und er wies auf den Hügel oder Berg hinter der Kirche. Dort oben ist das Holz bereits gestapelt, und immer wartet ein Mann oben die Nacht durch, denn verschlafen darf man ein so großes Ereignis nicht.

Das Kreidfeuer? fragte der Gast.

Nun ja, das Feuer, das die einzig wichtige Nachricht weitervermittelt, der Schein, auf den sie alle warten. Sie werden wohl nicht bemerkt haben, daß mit dem Paketboot keine Post gekommen ist. Nun, ein Brief ist noch nie gekommen, und so haben denn alle, wohl zu Recht, die Hoffnung nicht auf das Paketboot gesetzt, denn das ist eine durch und durch irdische, mithin höchst unsichere Hoffnung, ja vielleicht ketzerisch.

Der Inselgast war so verblüfft, daß er nach dem Kreidfeuer nicht länger fragte.

Im Lauf der nächsten Tage aber stellte er fest, daß zumindest alle, mit denen er über das Kreidfeuer sprach, daran glaubten. Es wunderte sie nicht, daß er davon wußte, ja, es schien, als sei er nun noch mehr ihr Mann geworden. Trotzdem sprachen die meisten nicht frei heraus; er kam nicht ganz darauf, was sie meinten, denn sie redeten eher in Andeutungen, und auch die anderen, die freimütig zu sprechen schienen, waren zurückhaltend. Er merkte aber bald, daß es nicht Geheimniskrämerei oder Angst war, die sie zurückhielten; nein, sie glaubten, er sei eingeweiht, darum waren Worte überflüssig. Nur die Kinder schien das Kreidfeuer nichts anzugehen; sie waren erfüllt von sich und der Welt, die sie umgab; jede Kleinigkeit war ihnen wichtig, kein Wort abgebraucht, und wenn er vorsichtig nach dem Feuer fragte, verstanden sie ihn nicht. Er mußte sich die eine oder andere Bemerkung zusammenreimen.

Einmal war er wieder auf Fischfang in einem kleinen, etwas beengten Boot. Das Meer war glatt, es war bedeutend kühler als an Land, die Nacht versprach ruhig zu werden. Geredet wurde nur wenig, nur das Allernötigste. Der Fang war gering. Da sagte ein junger Fischer: Wenn nur schon das Feuer leuchtete! Mit den Heringen werden wir fertigwerden!

Der Fremde horchte auf. Es stellte sich heraus, nach vorsichtigen Fragen — der Fremde tat, als wisse er alles —, daß die Fischer anscheinend an große Heringsschwärme glaubten, die unerwartet diesen Weg einschlagen würden und die das Feuer dann ankündigte. Sie konnten die Netze kaum mehr schleppen, so schwer war der Fang. Wer diese Riesenmengen verzehren sollte, darüber machten sie sich keine Gedanken; Kühlhäuser gab es keine, alles würde verfaulen, aber das hielt sie nicht ab, in rasch hingeworfenen dunklen Worten von ungeheuren Fischzügen zu reden, so, als sei dann alles in Ordnung, und sie waren nur besorgt, die Netze könnten reißen, und jetzt ging ihm auch auf, weshalb ihre Frauen die Netze nicht nur flickten, sondern sie auch immer wieder verstärkten.

Diese Erklärung des Kreidfeuers leuchtete dem Fremden ein, auch wenn es ihn zuerst störte, daß sie mit den Heringen ja nichts anfangen konnten. Ja, die nächsten Tage ertappte er sich dabei, daß er überlegte, wie man diesen großen Fang doch noch retten könne. Er hatte in jedem Haus Salz gesehen; das nächste Dampfboot mußte also noch mehr Salz bringen, und dann konnte man vielleicht die Heringe einpökeln. Vielleicht gab es noch eine andere Methode. In Gedanken sperrte er kleinere Buchten mit Netzen ab, darinnen wimmelte es von gefangenen Heringen, die man natürlich füttern mußte, ehe man sie schlachtete. Aber womit fütterte man Heringe, was fraßen sie? Die Fischer schienen sich jedenfalls darüber keine Gedanken zu machen, vielleicht hatten sie schon einen Platz?

Die Einrichtung des Kreidfeuers erschien ihm nun sehr nützlich. Hier, wo es keinen Telegraphen gab, wo man von der Außenwelt abgeschnitten war, da griff man eben auf ein alterprobtes Mittel zur Übermittlung von Nachrichten zurück: Sie kommen! Und dann fuhren die Fischer hinaus; es wurde der Fang ihres Lebens.

Noch etwas störte ihn an der Sache: daß nicht alle Fischer an Heringe zu glauben schienen, sondern andere an Sardinen, wieder andere an Thunfische, andere an einen kostbaren, blauroten Fisch mit wenig Gräten und köstlich schmeckendem Fleisch, der in dieser Gegend allerdings noch nie gesichtet worden war. Er redete einmal mit dem Lehrer darüber, dem Mann der Wissenschaft, und wollte Aufklärung. Der Lehrer lachte lang und erklärte dann alles für Blödsinn. Natürlich hätten die Fischer nichts anderes im Kopf als ihren Fang, seien es nun Heringe oder Sardinen, die man hier noch nie gesehen habe, aber er, der Fremde, werde auf dem nächtlichen Fang wohl gesehen haben, wie arm an Fischen diese Gründe seien. Aber man dürfe nicht so dumm sein, ihnen zu widersprechen, denn erstens würden sie es doch nicht glauben, die bittere Wahrheit, und dann könnten sie einen Widerwillen fassen gegen jeden, der ihnen widerspreche.

Was das Feuer sonst bedeute?

Der Lehrer sagte zögernd:

Früher einmal, da hat man die Küsten- und Inselbevölkerung auf diese Weise vor Seeräubern gewarnt.

Und heute?

Der Lehrer sagte nichts Genaueres, er meinte nur:

Große Katastrophen kündigen sich längst an. Allerdings hat man früher das Feuer auf einem Wachtturm entzündet, es sind ja auch noch Reste eines Turmes da. Und er fragte, ob er diese Ruinen schon gesehen habe.

Der Fremde verneinte.

Nun, sagte der Lehrer, dieser Turm ist ohnedies ungünstig gelegen, vielleicht hat man ihn deshalb aufgegeben. Leider liegt die Kirche in der Bucht, aber vielleicht kann man es so einrichten, daß sie bei dieser günstigen Gelegenheit abbrennt; man könnte ein nützlicheres Gebäude an ihre Stelle setzen.

Das sagte er mit unbeweglicher Miene.

Wie wollen Sie das machen? fragte der andere. Und wen erwarten Sie denn? Etwa Araber?

Nicht Araber, nicht Türken, sagte der Lehrer. Das ist vorbei, das läßt sich wissenschaftlich belegen.

Aber auf mehr ließ er sich nicht ein. Wen erwartete er? Vielleicht Scharen, die die Inselbewohner entweder schlachteten oder sie ins Meer trieben. Aber verstand er ihn auch richtig? Er redete von schönen spitzgeschnäbelten Schiffen, bei der zweiten Unterredung, aber war dies jetzt, zur Zeit der Dampfboote, noch möglich? Nein, irgendwie mißverstand er den Lehrer, auch wenn dieser von ›Sengern und Brennern‹ sprach. Redete er überhaupt von der Gegenwart oder Zukunft und nicht vielleicht von der Vergangenheit?

Überleben muß man, sagte einmal der Lehrer. Wollen Sie wissen wie?

Der Fremde nickte. Der Lehrer führte ihn zu einem nahe gelegenen Erdloch, holte unter dem Gebüsch eine Matte heraus, krempelte die Ärmel hoch, kroch in die Erdhöhle, zog die Matte über sich, befestigte sie mit vier Steinen, und nun kam ein dicht behaarter Arm unter der Matte hervor und schaufelte Erde auf das Geflecht. Dann fragte der Lehrer, und die Stimme klang dumpf, ob man noch etwas sehe, und als der Fremde verneinte, kroch der andere wieder heraus. Er habe ein Erdloch neben dem anderen auf der Insel angelegt, ihn würde man nicht erwischen. Und er forderte den Fremden auf, selber für seine Sicherheit zu sorgen.

Erst als der Lehrer gegangen war, wagte der Fremde zu lachen. Der schaufelnde Arm, die dumpfe Stimme, das alles war sehr komisch. Und dennoch konnte er den Lehrer nicht bloß für einen Phantasten halten. Irgend etwas stimmte vielleicht, etwas anderes vielleicht nicht. Wenn auch nichts richtig war: die Angst des Lehrers vor dem Kommenden war jedenfalls echt. Und es wunderte ihn schon, daß er selber an dieses Kreidfeuer glaubte. Wer sagte denn, daß es jemals aufflammen mußte?

Er begann nun, die Menschen zu beobachten, wie sie ihn früher beobachtet hatten, er wollte ihre Meinung erfahren. Keiner zweifelte am Kreidfeuer und seiner Nützlichkeit. Der Sohn des Wirtes war nach Amerika ausgewandert, seine Photographie hing hinter der Theke. Wo Amerika lag, das wußten die Wirtsleute nicht genau, es lag überall und nirgends, aber jedenfalls war es ein wunderbares Land, sonst wäre der Sohn ja nicht dorthin gefahren. Allerdings hatte er noch nie von sich hören lassen. War er vielleicht verkommen, wie es bei den unsicheren Verhältnissen in Amerika gar nicht anders zu erwarten gewesen war? Die Eltern glaubten jedenfalls fest daran, daß ihr Sohn lebe und daß es ihm nur seine weitgespannten Geschäfte bisher nicht erlaubt hätten, sie zu benachrichtigen. Dann aber würden sie zusammenpacken und nach Amerika fahren.

Glaubten sie etwa auch, daß der Sohn Botschaft schicke durch das Kreidfeuer? Das wäre absurd gewesen; das Feuer konnte zwar von Insel zu Insel springen, nicht aber über den Atlantik. Sie konnten also nicht wissen, was ›Amerika‹ war. Aber der Wirt stand mindestens einmal in der Nacht auf und ging den Hügel hoch, manchmal sogar in Begleitung des Fremden, der nun auch des Nachts ausging. Dort sahen beide dann in die Richtung, aus der der Feuerschein kommen mußte, der Fremde allerdings mit leichtem Spott. Doch sagte er nichts; er wollte die Wirtsleute, die sich immer mehr um ihn kümmerten, nicht verletzen. Ja, als einmal die Frau unaufgefordert von ihrem Sohn zu sprechen anfing, und wie er in der Jugend gewesen sei, da sagte er gegen besseres Wissen, das Feuer könne nicht mehr lang ausbleiben. Sie hörte ihm dankbar zu; er brachte es nicht übers Herz, ihr zu sagen, daß eine Nachricht unmöglich war.

Nach und nach glaubte er zu erkennen, daß viele Meinungen umliefen, was das Feuer zu bedeuten habe. Eine ältere Frau schien so Nachricht von ihrem Mann zu erwarten, der vor Jahren mit dem Paketboot weggefahren und nicht wiedergekommen war. Wieder hätte der Fremde am liebsten gelacht. Durchgegangen wird er sein, dachte er, sagte aber nichts, da er ihre Augen sah. Ein junges Mädchen, das an Geister glauben mußte, erwartete gar Botschaft von ihrem verstorbenen Zwillingsbruder. Er erfuhr die Hoffnungen einzelner meist von anderen, verfälscht also vielleicht; keiner machte sich über den anderen lustig, auch wenn er an etwas ganz anderes glaubte.

Einmal kam er am Vormittag zur Kirche, und da merkte er, daß Sonntag sein mußte, denn die Messe wurde eben gelesen, der Pfarrer stieg auf die Kanzel und predigte, und zwar von den Letzten Tagen, dem Antichrist und dem Jüngsten Gericht. Der Fremde blieb am Eingang stehen. Die Kirche war voll. Man bemerkte ihn nicht. Der Pfarrer zählte sorgfältig die fünfzehn Zeichen auf, an denen zu erkennen ist, daß die Endzeit naht, und sieh an, die Zeichen stimmten alle. Jeder solle sich vorbereiten, denn schon sei der Erzengel Michael bereit, sich an die Spitze der Himmlischen Heerscharen zu stellen, und der alten Schlange werde der Kopf zertreten werden, und das Siebente Siegel gelöst. Er schloß die Predigt mit den Worten: Liebet einander, Kindlein, denn das Ende ist nahe! Und er sang mit zittriger Stimme:

Deo patri sit gloria
Et filio qui a mortuis
Surrexit ac Paraclito
In Saeculorum Saecula.

Der Fremde ging weg, bevor die Messe zu Ende war.

Die Letzten Tage: die Evangelisten, der heilige Paulus, sie alle hatten sie erwartet, jetzt noch warteten Sektierer darauf — war es da merkwürdig, wenn auch der Pfarrer darauf hoffte, wartete, und vielleicht deswegen zitterte? War es merkwürdig, daß auch andere närrische Hoffnungen hatten? Nein, es war, wie er einsah, gewöhnlich. Gern hätte er gewußt, ob der Pfarrer die Nachricht, daß der Erzengel Michael sich rüstete, durch das Kreidfeuer erwartete. Aber hatte er nicht gesehen, wie er Holz den Berg hochgetragen hatte?

Waren es allesamt Narren? Er dachte nun an die Wiederkehr des Schiffes ohne rechte Freude. Er kam immer mehr dahinter, daß er das Feuer doch für möglich hielt, aus welchen Gründen immer es dann brennen mochte, und daß es vielleicht sogar etwas zu bedeuten habe.

Die Dominospieler, die einige Zeitlang ihr Spiel eingestellt hatten, nach seinem für sie überwältigenden Sieg, klatschten nun wieder ihre Steine auf den Tisch. Spielen mit ihm, das wollte keiner. Man respektierte ihn als den unendlich Überlegenen, gegen den anzutreten völlig sinnlos war, und auch darüber konnte er sich nicht genug wundern, hielt er sich selber doch eher für einen mittelmäßigen Spieler.

Kurz vor der vermutlichen Ankunft und Abfahrt des Dampfers — es konnte sich nur mehr um drei, vier Tage handeln — traf er nahe der Stelle, wo er sie zuerst gesehen, die schöne junge Frau wieder, die er so sehr zu sehen gewünscht hatte. Er war so überrascht, daß er stehen blieb. Sie ging unbefangen auf ihn zu. Er sah kurz auf ihre Hände.

Ich habe dich überall gesucht, sagte er, ich habe nicht nach dir gefragt; ich fürchtete, dich zu stören.

Sie sah ihm aufmerksam auf die Lippen, dann in die Augen.

Erwartest du, wie alle übrigen, das Feuer?

Keine Antwort.

Was erhoffst du dir denn?

Ein Klagelaut. Sie versuchte sich ihm begreiflich zu machen. War sie taubstumm?

Hast du die Spuren angelegt? fragte er.

Nichts.

Verstehst du mich überhaupt?

Sie sah ihn an, gab aber kein Zeichen, daß sie ihn verstehe.

Setz dich daher, sagte er und zog sie neben sich nieder. Sie saßen nun auf einem niedrigen Felsblock. Ich begreife! Du kennst auch die Zeichen der Stummen nicht. Woher auch. Ich kenne sie genausowenig. Ich kann dir also nicht helfen. Du kannst mir nicht mehr helfen. Aber vielleicht bleibe ich hier, auf der Insel.

Er zeigte zuerst auf sich, dann auf den Boden.

Verstand sie ihn, verstand sie ihn nicht?

Wenn das Feuer aufleuchtet, sagte er, wird, wenigstens für einen Augenblick, die Hoffnung eines jeden erfüllt sein. Ich kann euch nicht für verrückt erklären. Habe ich nicht auch früher, als ich jünger war, auf die Nachricht gewartet, die unfaßbare Nachricht, die mein Leben verändern würde, von Grund auf? Habe ich mich nun gehäutet oder stecke ich nicht vielmehr noch immer in der alten Haut? Ja, ich warte auch, noch immer, Tag für Tag: auf mein Ende. Es wird sehr gewöhnlich sein, vielleicht werde ich es nicht einmal bemerken. Unterdessen vertreibe ich mir die Zeit.

Er sah sie an:

Wäre ich dreißig Jahre jünger, hätte ich eine Hoffnung, vielleicht. Aber auch dann würde ich wahrscheinlich nicht in dein Leben einbrechen, denn du scheinst glücklich zu sein.

Er stand auf, hielt eine kurze Zeitspanne lang ihre Hand, und ging dann weg. Er war sehr niedergeschlagen.

Nun begann er die Ankunft des Paketbootes zu fürchten. Es gab keinen Grund, nicht abzufahren. Aber noch mehr fürchtete er die große Hafenstadt, und es wäre ihm wahrscheinlich nichts übriggeblieben, als wieder zu flüchten, irgendwohin, in die Einöde, und dort mit dem Vorwurf fertigzuwerden, er habe wieder einmal versagt, wie schon so häufig sein Leben lang. Oft trat er nun zu den anderen, die des Nachts schweigend oder nur flüsternd vor Hütten und Höhlen standen oder auch über die Abhänge streiften, doch so, daß sie den Berg im Auge hatten. Dann lag ein riesiger, sich langsam drehender Sternenhimmel über ihnen, ein Sommerhimmel, man hörte das Meer, manchmal kam Wind auf, es rauschte im Gebüsch, aber nie wurde die Nacht vom Feuerschein durchbrochen, und trotzdem warteten alle mit großer Geduld.

Je öfter er so mit einigen Menschen dastand, des Nachts, immer mehr gepeinigt von der Angst, das Paketboot könnte am nächsten Tag kommen, und dann müßte er eine Entscheidung treffen, umsomehr hielt er es für möglich, einen Schein aufflammen zu sehen, einen Schrei zu hören. Es bedrückte ihn auf eine merkwürdige Art, daß er selber nichts für sich hoffte, daß er Schein und Schrei nicht mit einer lebendigen Hoffnung umkleiden konnte, daß das Kreidfeuer, selbst wenn es aufflammte, ihm nichts bedeuten würde. Vielleicht würde er sich einrichten auf dieser Insel der Verrückten, in einer schiefen Kammer hausend — aber es schien ihm gleichgültig zu sein, ob er nun blieb oder nicht. Er hatte auf die Vergeblichkeit gesetzt und auf den Widerstand gegen sie, nicht aber auf die Hoffnung; dies allein schien ihm anständig zu sein, und darum begann ihm nun leise vor dem Feuer zu grauen; er, ohne Hoffnung, fürchtete den Schrei:

Endlich!

Er beschloß, einen kleinen Stein von einem Wegzeichen in die Hosentasche zu stecken, falls er doch abreisen sollte. Dann konnte er danach tasten. Blieb er aber, dann würde er die junge Frau öfters sehen. Was er ihr noch sagen sollte, wußte er nicht. Eigentlich nichts. Und er entschloß sich gleichzeitig, alles, was immer auch kommen mochte, und was er hier schon erlebt hatte, als Traum anzusehen, als lächerlichen Traum.